世界是自己的，活出你喜欢的样子

沈万九 著

北京联合出版公司
Beijing United Publishing Co.,Ltd.

图书在版编目（CIP）数据

世界是自己的，活出你喜欢的样子 / 沈万九著. --北京：北京联合出版公司，2017.3（2017.7重印）
ISBN 978-7-5502-9514-8

Ⅰ. ①世… Ⅱ. ①沈… Ⅲ. ①随笔—作品集—中国—当代 Ⅳ. ① I267.1

中国版本图书馆CIP数据核字（2017）第006128号

世界是自己的，活出你喜欢的样子
作　　者：沈万九
选题策划：北京时代光华图书有限公司
责任编辑：刘　恒　徐秀琴
特约编辑：赵　洋
封面设计：新艺书文化
版式设计：程海林

北京联合出版公司出版
（北京市西城区德外大街83号楼9层　100088）
北京博艺印刷包装有限公司印刷　新华书店经销
字数164千字　880毫米×1230毫米　1/32　7.5印张
2017年3月第1版　2017年7月第2次印刷
ISBN 978-7-5502-9514-8
定价：36.00元

目　录
CONTENTS

自序　以文见自己，以情见天地，以心见众生 / V

Part 1 爱情 LOVE
世间安得双全法，不负如来不负卿

读懂这一生爱情，你只需要九分钟 /　003
能把性和爱分开的人，才是真的爱你 /　009
爱不是觊觎，而是给予，更是际遇 /　015
“70 后”聊初吻，“80 后”聊初恋，“90 后”聊初夜 /　022
日久见人心，不如旅行见真情 /　029
你无法左右男人，但可以左右你的口红 /　035
或许你该嫁一棵香蕉树 /　041
马拉松式的恋爱，如何跑到终点？ /　046
一辈子不长，谈三次恋爱就够了 /　053

Part 2 职场 CAREER

三十功名尘与土，八千里路云和月

有一种开不了口的痛，叫职业女性 / 063
大学毕业生：除了梦想，你更需要这五项建议 / 071
一只价值 18000 元的猫 / 078
交个男朋友，还是养条 AI 狗 / 084
比“努力学习”更重要的是“学会学习”/ 091
谁动了我的奶酪？ / 097
做一个“U 盘化生存”的手艺人 / 104
睡着把钱赚了 / 108
你不是不够努力，你只是不会讲故事而已 / 116

Part 3 梦想 DREAM

愿你出走半生，归来仍是少年

愿你出走半生，归来仍是少年 / 125
以前哭着哭着就笑了，现在笑着笑着就哭了 / 130
取经人 / 136
回不去的小城 / 140
当爱人和梦想同时落水，该救谁？ / 147
真正的断舍离，首先得贪嗔痴 / 154
你的一辈子很短 / 158
这些年过去了，我还信什么？ / 166

Part 4 生活 LIFE

竹杖芒鞋轻胜马，谁怕？一蓑烟雨任平生

你不是想得多，而是动太少 /　175

我的初恋女友是医生 /　182

江湖难再见，把酒需今夜 /　186

相濡以肥，不如风雨同瘦 /　191

对不起，你有权保持沉默 /　197

误导女青年的六句肺腑之言 /　202

灵魂能否出窍？ /　208

哪有这么多重聚，错过就是一辈子 /　212

谁是你可以随时说话的人？ /　218

自 序

以文见自己，以情见天地，以心见众生

好吧，这是一个静谧而多情的夜晚。

星光满天，秋意渐浓，骚动的丰收季节，美好到没有边际。所谓“明月别枝惊鹊，清风半夜鸣蝉”，如此风情万种的夜晚，一个人埋在书房里，喝着李白在举杯邀明月时，曾醉过的浊酒；望着仓央嘉措困于布达拉宫时，曾问过的月色，静听万物兀自生长，最适合想念起，过去的那些美好姑娘。

音乐是必不可少的。当然，民谣在这个时候，最能够撩动心弦了：

爱上一匹野马，可我的家里没有草原。
南方姑娘，我们都在忍受着漫长。南方姑娘，是不是高楼遮住了你的希望。
我在二环路的路边，想着你；你在远方的山上，春风十里。今天的风吹向你，下了雨。

我说所有的酒，都不如你。

……

一曲唱罢，天涯何处觅知音；一曲再起，“世间安得双全法，不负如来不负卿”。

夜风乘着星光，徐徐穿窗袭来，在我那散发着书香、酒渍和汗水（没准儿还有泪水）的原木书桌上，沉默着我的处女作——《做一回久违的自己，勿忘初心》。

它如同一台时光机，通往过去；亦如同一面镜子，照着我的初心。而如你所料，那些历历在目的过去和始终如一的初心，正是我这些年来的信仰和灯塔——如果我非要说是梦想的起点，你会不会说我有些矫情？

本书是“自己三部曲”中的第三部了，也是最后一部。你一定会说，这人呐，得有多自恋啊，絮叨个自己，还要出个系列。

但其实，这里的“自己”是指那些有理想但无执念，有热血但没鸡血，有态度却不厌世，有情怀但也尊重物质的青年才俊们——当然，恰好也包括无比自恋的我。

记得，在小时候，我曾认真地想过，以后到底要做什么，从绿茵场上的足球运动员，到日进斗金的影、视、歌三栖明星，再到研究外星生命和时间穿梭的科学家，或干脆就是富甲一方一言不合就捐款的企业金主……却从没想过，自己会成为一个舞文弄墨的家伙，一个苦逼而长情外带些悲天悯人的致力于用文字跟这个世界沟通的人。

总而言之，那时的我，对“自己”这个概念很模糊。我只是跟那个年代大多数人一样，每天准时上下学，写着写不完的作业，听着周华健的《朋友》，唱着郭富城的《唱这歌》。希望自己快快长大，离开小镇，拥抱远方和远方的长发姑娘。

上大学的时候，不知道是受王小波的鼓动，还是受苏格拉底的影响，对“认清自己”逐渐有了几分把握，并因此做出了一辈子写作的决定。

毫无疑问，倘若靠着一支笔杆子，便能够帅气走天涯，那确实是最自由的。但事实上，一路坚持走来，为了追求这种海市蜃楼般的自由，受到的束缚却也是异乎常人，且如影随形。所谓“色即是空，空即是色”，心为形役，后身心惬意，有多大的自由，就得经历多大的束缚。

大学毕业后，在江湖中兜兜转转，磕磕碰碰，“三十功名尘与土，八千里路云和月”，曾多少次像汪峰所唱的那样彷徨迷失过。

所幸的是，一路杀来，对于自己，我也有了更深刻的认识，逐渐懂得了风月虽无边，但世态亦炎凉；明白了“眼见他起高楼，眼见他宴宾客，眼见他楼塌了”；更理解了“长恨人心不如水，等闲平地起波澜”……于是“耐撕”不但是一种横行江湖的美德，更成为一种勇闯天涯的需要。

接下来，就是通往未来的现在了。毫无疑问，追梦的路还在继续，然而不管走多远，要去到哪儿，我都希望自己永远是那个来自 B-612 小星球的“小王子”，更希望自己能够出走半生，归来仍是少年。

总的来说，“自己三部曲”，是我交给青春的一份答卷——虽然绝不可能满分，但也算是满意。

接下来，我会尝试着写一些故事（沈掌柜，你才不是一个没有故事的男同学），因为我不想像《后会无期》里苏米所说的那样：“如果有机会，我把我的故事讲给你听，可惜没有机会了。”当然，哪怕最后的机会不多，我也愿意竭尽全力，放手一试。

在王家卫的电影《一代宗师》里，宫二曾对叶问说过，我爹常说，习武之人有三个阶段，见自己，见天地，见众生。

其实写作之人何尝不是如此，“人生天地间，忽如远行客”，所以我用了三本书来见自己。

接下来，就应该好好地去见见窗外的天地和云下的众生了，所谓“以文见自己，以情见天地，以心见众生”，争取早日还完欠老天爷的九本书债。

当然，见不了也没关系，死在见的路上也无妨。人生有理想是几十年，无斗志浑浑噩噩也是几十年，只要能过得了自己这关就行，“竹杖芒鞋轻胜马，谁怕？一蓑烟雨任平生”。

只是，我恰好选择的是：坚持到最后。

最后，真心感谢素因、家人，以及这一路上遇到的你们。

杭州西湖

丙申年丙申月辛巳日

. . . . P A R T 1

爱情 LOVE

世间安得双全法，不负如来不负卿

世間安得雙全法
不負如來不負卿

读懂这一生爱情，你只需要九分钟

待月西窗下，迎风户半开，隔墙花影动，疑是玉人来。

——王实甫《西厢记》

作家张爱玲曾说过："也许每一个男子全都有过这样的两个女人，至少两个。娶了红玫瑰，久而久之，红的变了墙上的一抹蚊子血，白的还是'床前明月光'；娶了白玫瑰，白的便是衣服上粘的一粒饭粘子，红的却是心口上一颗朱砂痣。"

也就是说，在大多数的人眼中，不管曾经代表着爱情的红玫瑰或白玫瑰有多么美好，都会因为加了"时间"这个维度后（尤其是进了围城），而逐渐失去了芳香，继而成为《围城》里方鸿渐对孙柔嘉所说的"娶的另一个"。

然而，如何让时间这个催化剂对爱情的影响最小呢？这就涉及一个有技术含量的保鲜问题了。

说到保鲜，首先需要明白保的是谁的鲜？即爱情到底是什么？

对此，每个朋友（这里面甚至还包括我那刚上小学的小侄女）都会有自己的理解。所以今天，我们这里暂且不说爱情是什么，而是来探讨一下它不是什么吧。

首先，爱情不是性爱。

性爱当然是一种好东西，但不是爱情，顶多是爱情的一种润滑剂。据我所知，有些同性之间是没有性爱的，但也有着欢快而至死不渝的爱情。

说实话，想要性爱保鲜，无异于让雪糕在烈日下不要融化，因为你是在跟人类几百万年的生物性做斗争。

日本著名的情爱作家渡边淳一曾分析过，男人具有一种超乎大家想象的性欲，不过一旦得到了性爱之后，便会迅速地降低对对方的关心。

其实男性的这种现象，在动物界一点都不陌生，比如说有一种牛羚，一年只在一天性交十二次，每次都尽可能和不同的雌性。在那一天里，如果已经交配过的羚羊凑过来，它就使尽力气踢走人家。

类似的情况，科学家们在雄性老鼠的身上也发现了。当然，人不是羚羊和老鼠。

其次，爱情不是感情，更不是左手拉右手般的亲情。

感情跟酒一样，越久越浓，但爱情不是。打个不恰当的比方，人跟一只猫、一条狗、一件衣裳甚至一本书处久了，也会有感情，但绝不可能产生爱情（恋兽癖或恋物癖暂时不在此谈论范畴）。

有感情的家庭可以说是温馨和睦，有爱情的家庭才能叫幸福甜蜜。

感情，是一种生物作用。爱情，则是一种化学、物理甚至反人类作用，正如诺兰的电影《星际穿越》曾说："爱是永恒不变的力量，能够超越所有维度。当我归来，你已垂暮，我一次呼吸，划过了你一辈子的岁月。"

当然，爱情也绝非慈善。

如果你一味地迁就、退让，百依百顺，甚至是像雷锋像南丁格尔般无私奉献，就算能够换来对方的感动和怜悯，而让你们暂时在一起，但这绝不是爱情。因为你是在做慈善，慈善的结果一般有两个：让人在离开你的时候有愧疚，或者让人在愧疚的时候离开你。

我有一个女性朋友，在移动公司上班，长得清秀而雅致，属于古典美女的类型。另外，她还是个爱情主义者，拒绝了不少高管土豪，放弃了“朱门酒肉臭”的富太生活，找了个同公司的穷小伙子做男友。

后来有一回，公司给了一个名额调市局（属于高升），机会原本是给她的，可她大方地让给了男友，说男人的事业更重要。平日里，她像是老妈子一样，和风细雨般地照顾男友，私下里更是省吃俭用，给男友置备各种撑场的行头。

男友去了市局后，各方面的待遇都好了很多，再也不用过以前的穷酸日子了。但与此同时，他又认识了一个富家女，并胡搞在了一起。当然，他也很顺势地抛弃了我朋友，真实地出演了一回“陈世美”。

所以，千万要记得，爱情绝不是做慈善、做公益、做自以为伟大而愚昧的牺牲，而应该是相互尊重、相互欣赏。

基于这个前提，双方才能在磨合中互相影响和改变，正如作家冯唐所说的那样：“爱情是什么？就是你不爱吃羊肉，但是他爱吃羊肉，你就也开始吃羊肉……就是在一起做一点坏事，狼狈为奸，祸害人间。”

另外，爱情也不是单纯的恋爱。

周杰伦在《简单爱》曾唱道，“爱可不可以简简单单，没有伤害……爱能不能够永远单纯，没有悲哀。”

如果你抱着这样的心态去渴望爱情，我打赌你肯定会失望，而且还愿意赌十块钱。

的确，爱情是两个人过浪漫的日子，但日子是前提，浪漫是定语。

所谓的日子，不仅仅是风花雪月。风花雪月的日子是韩剧，是镜头前的真人秀。

真正的日子，必须包含着一份责任和担当；一份相濡以沫的决心；一份偶尔撕破了脸，嘴上喊着不再爱你了，心里却从未想过分开的坚守。

最后，爱情更不是买卖与交易。

“宁愿在宝马车里哭泣，也不愿意坐在自行车上笑。”对此金句，最恰当的解释，其实是这样的：坐在宝马里的女孩之所以哭泣，是因为想起了当年一起护搏坐在单车后面的苦日子总算熬到头了，而非姑娘薄情寡义，舍弃了单车男，直奔宝马哥去。

须知道，鲜花和珠宝堆积出来的爱情，最终也会被珠宝和鲜花湮没。

当然，作为一个爷们，送得起的时候这些东西还是得送，作为爱情的保鲜附加分，姑娘们都爱这个，不分古今中外、围城内外。

总的来说，爱情虽然像是罐头一样，有着一定的保质期，但也绝非商品，可任意买卖。

好了，聊了这么多的非爱情，至于什么才是真正的爱情，相信每个人都已经有了自己的答案。

依笔者之拙见，爱情一定要等爱情来的时候你才会知道，而且还坚信那就是爱。如果我这样说，你非要觉得我在狡辩的话，那么这里再补充一首诗，符合我对爱的基本理解和诠释。

这首诗是我有一次在广州的一家书店发现的。书店是24小时不打烊的那种，诗则写在店里的留言本上，而且从字迹上判断，一定还是个年轻的长头发的眼睛大大的姑娘：

林深时见鹿
海蓝时见鲸
梦醒时见你

人生没有重来
贪婪有何不可
我从未爱过这世界
我只喜欢你

——2015.11.26 周四雨夜

能把性和爱分开的人，才是真的爱你

关关雎鸠，在河之洲。窈窕淑女，君子好逑。参差荇菜，左右流之。窈窕淑女，寤寐求之。

——《诗经·关雎》

（1）

朋友，你一定认同这么一个观点吧：

女人习惯把性、爱连在一起，在把身体交出之前，先掏出心。男人则是下半身动物，性、爱分开，可恣意任性，酒后乱爱，哪怕是初次见面。

其实，从基因学的角度，这一观点完全站得住脚：雄性的天性是把自己的基因遗传下去，看到任何优秀（比如颜值高、女性特征突出等）的异性，都期望产生一场延续基因的交往。

所幸，文明社会不允许恣意妄为。

所以弗洛伊德曾说过，文明压抑了我们的性欲。所谓的文明世界，其实到处游弋着内心和肉体肿胀的文明人：

在人的潜意识里，人的性欲一直是处于压抑的状况，社会的道德法制等文明的规则使人的本能欲望时刻处于理性的控制之中。

然而，对于欲望，人类除了被动地束缚于文明的枷锁，还有一种东西，能让我们心甘情愿地为之降服，那就是爱，真爱。

（2）

渡边淳一在复旦大学演讲时说过这么一句话，让我颇有感触。

当癌症患者在深夜开始发作时，我注意到当时唯一能够拯救病人的就是爱。

也就是说，爱本该独立存在，它既不是肾上腺激素，也并非荷尔蒙和多巴胺。它不需要跟性结合，却足以跨越空间，甚至生死。

在电影《星际穿越》里，宇航员们组团去茫茫宇宙，探寻适合人类生存的地方。

后来，他们找到了两个可能宜居的星球，但燃料仅够去其中一个，于是便开始投票。让人惊讶的是，由安妮·海瑟薇扮演的女宇航员居然建议去一个数据显示并不是那么宜居的星球，因为她坚信有一种爱的力量在牵引着她：

爱不是人类发明的东西，它一直存在，而且很强大，是有意义的。也许意味着更多，更多我们还无法理解的，也许是某种证据，来自更高维度文明，而且我们目前无法感知。我风尘仆仆穿越宇宙寻找一个消失了十年的人，我也知道，他可能已经死了。

……

爱是一种力量，能让我们超越时空的维度来感知它的存在。尽管我们还不能真正地理解它，能见到艾德蒙斯的机会再渺茫我也不放弃，这不意味着我错了。

虽然以上这番发自内心的动情演讲，最终都没能说服其他组员——大家都认为她在意气用事，缺乏了科学家该有的客观精神，但后来的事实表明，她的判断才是正确的。

如上所述，那个愿意把性、爱分开，并非垂涎你可餐的秀色，而是发自内心地想跟你厮守终身的人，才是真正地爱你。毕竟，每个人都有年老色衰，失去性吸引力的时候。

（3）

在我老家，有这么一对年轻夫妻。小两口很恩爱，同时也非常勤恳，男人包了个林场，女人则持家有道，家业很快就兴旺了起来。不到几年，就成了镇里数一数二的富裕人家。

不幸的是，女人一直无法怀孕，而且对性生活有一种天然的反感和抗拒。男人带她看了很多不同的医生，均无果而终。

后来，女人很内疚，提出了两个解决的办法：一是让男人跟她离婚，再娶他人；二是男人去外面找个“小三”，生个儿子，抱回来养，甚至把“小三”接回家也行。

如你所知，在中国农村，“无后为大”的思想根深蒂固，所以男人一直承受着巨大的压力，女人则承受着各种流言蜚语甚至指责谩骂，不堪重负。

无奈之下，男人决定，去外面“领养”一个孩子回来。

然而，正当他们要行动的时候，故事出现了转机。他们在电视里看到还有试管婴儿这一方法，于是决定尝试一下。

不管尝试的结果如何，我可以坚信的一点是，他们一定会克服困难，幸福地走下去。而我之所以知道这故事，是因为这小两口是我的远房亲戚，而且他们还拜托我在广州的医院打听过试管婴儿的事。

如你所知，性功能正常的有钱男人和没怎么读过书的农村老百姓，都能够真正把性和爱分开，违背几万年来积累的动物性，扎扎实实地风雨同舟，这才叫真爱。

（4）

前不久，有一个读者跟我说，她跟男友马上大学毕业了，目前在忙着找工作，非常累。但更让她心累的是，男友最近总是想跟她发生性关系。

对此，她曾以各种理由（刚好例假，肚子不舒服、面试完太累，等等）拒绝了。可没想到，男友前阵子却下了最后通牒：如果再这样下去，就要重新考虑两人的关系了。在一起这么久了，你也知道，我是绝对值得托付终身的人。

她知道男友的潜台词是分手。她很难过，但不知道该不该妥协。

我告诉她，把对你的爱建立在性的层面的男人，终将会因为失去了性而失去对你的爱。在这种事情上，时间是检验真爱的唯一标准。

虽说“饮食男女，人之大欲存焉”，但弗洛伊德也曾说过：

当我们毫无阻碍地便可获得性满足时，例如在古文明的衰落时期，爱便变得毫无价值，生命也呈现一片空虚。

而真正爱你的人，是不管你愿不愿意跟他/她偷尝禁果，无论你乐不乐意今夜宽衣解带，尽享鱼水之欢，也要咬定青山不放松地跟你在一起……

当然，你一定会说，这是理想主义的爱情。是的，但这也是我们遇见了就值得一生守望的爱情。因为所谓的爱，“从来就不是互相凝视，而是注视同一个方向”。

爱不是觊觎，而是给予，更是际遇

拟把疏狂图一醉，对酒当歌，强乐还无味。衣带渐宽终不悔。为伊消得人憔悴。

——柳永《蝶恋花·伫倚危楼风细细》

（1）金兰之交

前几天，表妹跟我说，她最近被一个好友折腾死了。

这个好友是她的大学同学，人长得是个“冰冰”脸，脾气却像“建宁公主”，跟宿舍里的人相处得不太愉快，成天1V3“撕×”（宿舍总共四人），甚至还一度闹到自杀（被窝里囤了十几盒安眠药，而且还是纯进口的）。

表妹是个善良的孩子，那时候课不上，男朋友不找，日日夜夜陪着她，照顾她，既当男友又当闺密的，直到她康复为止，两人由此建立了深厚的感情。

当然，“冰冰”对表妹也挺好的，天冷给她送暖手袋，天热给她买哈根达斯，去图书馆给她占位置，病了给她床前当奴婢，床外跑腿……

可后来上了大三，表妹的社交圈子慢慢大了，也认识了一些其他朋友。

这本来是好事，但“冰冰”就不乐意了，开始抱怨、责备，甚至还因爱生恨，具体表现是：几乎天天去表妹宿舍，有时候还一天去几次，一旦见她跟朋友出去“鬼混”，就纠缠着不让去。

此外，她居然还跑到微博和微信里，义愤填膺地怒斥表妹忘恩负义，背叛感情……

刚说到这儿，你可能会觉得，这个妹子不会刚好是个 LES（“女同性恋”的别称）吧。但其实不是，她已经有男朋友了。更荒谬的是，她男朋友还帮她一起声讨表妹的种种“恶习”——搞不懂的还以为我表妹是曾经拆散过他们的“狐狸精”呢。

如此一来，表妹和“冰冰”算是彻底闹翻了。无奈之下，表妹找了辅导员介入，找了热心学长介入，甚至还找了自信满满的学校心理老师介入……可效果均一般，“冰冰”依旧我行我素，任性地闹腾着，也不知道何时是尽头。

其实，友情这种东西，贵在相互尊重，互相支持。无谓的觊觎，只会让友谊的小船翻得更快。总觉得自己对别人好，别人一定要对你好，而且非得用这种“好”去绑架对方，结果只会自讨苦吃。

须知道，人生苦短，能够走在一起的，本身就是缘分。至于一起能走多远，就看彼此的际遇了。

（2）血浓于水

在韩国电影《母亲》里，著名导演奉俊昊塑造了一个“伟大而有献身精神的母亲”，她强烈而偏激的爱，以及在这份厚重的亲情下面所深藏着的控制欲。

正是因为这种畸形的溺爱，最终造就了儿子泰宇的“停止发育”：身体虽然在不断长大，但智力似乎永远停留在了小时候，鄙弃了独立人格，以满足对母亲的依赖和顺从……而这正是导演想通过电影所表达的：

“我看到了伟大的母爱中的控制。”

对此，我们应该都不会陌生。从小到大，有多少人是在口口声声的“为你好”的绑架下长大的。

据报道，当下的小朋友，背负着太大的压力，而且有50%以上的压力来自于父母，来自父母所谓的爱和期望。而且，在变成大朋友的过程中，他们还会陆续面对“高考志愿填报、毕业就业方向，以及恋爱对象选择”的重重压力。

君不见，租个爱人回家过年的故事随处可见，催婚催到自杀的新闻更是比比皆是。

为什么爱会变成压力，甚至成为逼死儿女们的诱因？

那都是因为，这里所谓的“爱”，都不是那么纯粹，本质上是一种畸形的期待：

期待儿女早日找个归宿传宗接代，而浑然不顾其是否合适；
期待儿女找个稳定工作衣食无忧，而不是支持其对理想的追逐；
甚至如电影《母亲》里的那个母亲那样，仅仅是一种骇人听闻的控制欲而已。

此外，养儿防老在我们国家依旧是一种普遍的观念。诚然，百善孝为先，但如果只是为了老有所依，这何尝不是一种赤裸裸的功利主义？须知道，培育孩子本身就是家长的义务，我们有什么理由把义务简单而粗暴地绑架到回报中去？

所幸的是，随着更加开明的“80后”“90后”成为家长，越来越多的孩子，在得到爱的同时，也得到了尊重，能够更加野蛮而自由地生长。

对孩子而言，家长不再是压力的源泉，更多的是陪伴，做孩子的大伙伴，亦师亦友，鼓励多过责备，护栏多过枷锁，而且一旦孩子成年了，就任由孩子去勇闯天下，快意江湖。

（3）相濡以沫

据某知名相亲网站统计，在失败的婚姻里，大概有 9% 是因为“小三”介入，而有 40% 以上是因为觉得对方不够爱自己，继而产生矛盾，最终导致婚姻破裂。

也就是说，我们总喜欢提前设定，对方会怎么样。总觉得自己付出了，就一定要获得回报，要不心里就不平衡。对此，印度著名的灵性导师克里希那穆提曾说过：

自由与爱是并存的，爱不是一种反应，如果我爱你是因为你爱我，那么这只是交易，爱变成了在市场上被买卖的东西，那显然不是爱。爱是不求回报的，甚至不感觉你给予了什么，只有这种爱才能使你了解自由。

也就是说，爱情不是天平，既然选择了爱对方，就应该不计回报地给予。不想爱了，就停一停，收一收，甚至转身离开。

记得几年前，我有一个同事，是一个刚毕业没多久的女孩。有一阵子，她对我非常好，上班时总给我买很多零食，下了班也等我一起回去，有时候地铁人多，她宁愿陪我多坐几站再绕回去……弄得全公司的人都以为我们在一起了。

私下里，我跟她说过很多次，我不喜欢你这种类型的，你也不要对我这么好了。最主要的是，我有心上人了。

谁知道，这位“小太妹”也是任性。她这样跟我说，我对你好，是因为我喜欢你啊，跟你没关系呀——当然，你要是能被我感动，就再好不过了。

如你所知，这样的爱是如此的洒脱、惬意，一如《我爱你，与你无关》，不带任何的觊觎，颇有侠女气质。恰似《武林外传》里的祝无双，虽然一直恋着吕秀才，但只是不断地给予和付出。直到后来，秀才选了芙蓉，无双便潇洒离去，留下一句：“有些人血里有风，注定要一生漂泊。”

（4）爱是际遇

著名作家张小娴曾经说过：

无论你对家人、恋人和朋友付出多少，无论你做得多好，不要期望回报。
等待回报是多么寂寥？相识、相爱、成为家人，都是今生的因缘。
尽了自己的责任就是惜缘，你是这样流着泪狠狠地珍惜过，无愧就好；唯其如此，你才不会失望和伤心，也才不会抱怨。

也就是说，不论是友情、亲情还是爱情，只要用心给予便好，不要过于期望回报，因为你不是在做生意，搞投资，买股票……你付出的是一颗真心，一段真情，不需要考虑太多的投入产出比。

佛家有曰，花开花谢，因缘际遇。意思是说，正如花开花谢一样，缘分也是有定数的，不能过于强求。

最后，想特别补充的一点是，无论是友情还是爱情，也不管是小爱还是大爱，哪怕再弥足珍贵，都只是人生里的部分际遇而已，替代不了你那广阔而明媚的人生。一如席慕蓉在《际遇》中所说的那样：

在馥郁的季节
因花落
因寂寞
因你的回眸
而使我含泪唱出的
不过是
一首无调的歌

却在突然之间
因幕起
因灯亮
因众人的鼓掌
才发现我的歌
竟然是
这一剧中的辉煌

“70后”聊初吻，“80后”聊初恋，“90后”聊初夜

死生契阔，与子成说。执子之手，与子偕老。

——《诗经·邶风》

（1）“70后”聊初吻

任何一个时代，都有着自己的特点。

正所谓“十年生死两茫茫，不思量，自难忘。”十年之长，茫茫的世界都足以换个天地，何况是对爱情的理解。

记得我刚毕业时，上司是一个典型的“70后”，跟刘强东同龄。总的来说，是一个开明、勤奋而且还有些文艺气质的人，深得下属们——尤其是女下属们的喜爱。

盖因那时的他，还没有找到自己的“奶茶妹妹”，却拥有好几套房子，开宝马5系的车，戴浪琴的表……典型的“钻石王老五”。

有一次出差在外，泡温泉，我突发神经地问他，你不会是喜欢男的吧？其实当时我是代表公司的所有单身女性去问的。

上司笑着说，会，但不会对你感兴趣。

我愕然，脑海中顿时划过王家卫的《春光乍泄》。

所幸，他随即补充道：我们这一代人是深受集体教育长大的，对团队的认同感非常强，对于小家庭的组建，也是希望一站到底。所以这些年来，与其说没有找到合适的恋人，倒不如说没有看上适合的家人。

当然，早些年间，也曾遇到过好姑娘，不过一来不懂浪漫，二来缺乏幽默感，另外还习惯了小心谨慎地面对感情（要我说，最大的原因是那时还不够有钱），所以很轻易地错过了。

总之，上司渴望的爱情，是可以长相厮守、共度余生的那种——这种感情跟浪漫无关，却有着朴实的意义。

记得那天，聊到最后，他还意味深长地引用了一句话，有些意思，我一直记到现在：

以前的东西坏了，都会拿去修。现在的东西坏了，几乎都是第一时间想到换。

总的来说，“70后”的爱情整体比较含蓄，走的是“欲说还休，却道天凉好个秋”的婉约风，习惯用行动表达，而非甜言蜜语，更非直抒胸臆。

另外，“70 后”这代人，接受的思想正处于变革和对立之中：他们一方面会觉得“60 后”的人过于保守腐朽，另一方面又会反感“80 后”的过于开放自我。他们相对传统，但又不得不接受现实，他们既没有父辈的轰轰烈烈，也无法像“80 后”那样，可以恣意地彰显个性。

（2）“80 后”聊初恋

著名的自媒体人罗振宇曾在其节目《罗辑思维》里说过，“80 后”是比较辛苦的一代人：

这一代人既没有赶上“70 后”的下海创业潮，也没有迎来“90 后”的信息革命潮。整体来说，要成功突围，非常之难。

正是这样的一代“苦逼族”，他们要不为“70 后”打工，要不为“90 后”汇报。所以他们的爱情观也有着不一样的特点，比如说房子。

其实爱情原本跟房子无关，可房子却成了大多数“80 后”心中无法绕过的痛。

总的来说，“80 后”的爱情，虽然有着“70 后”的担当，愿意承担自己的责任，却也拥有一颗永远骚动而追求自由的心。

他们喜欢浪漫的活动，愿意去尝试不同的方式，去追逐自己想要的爱情。可是一旦拥有了爱情和婚姻，又往往觉得下一个转角遇到的才是真爱。

个人觉得，张爱玲的这段名句，从某种程度上说，更能代表“80后”的爱情观：

也许每一个男子全都有过这样的两个女人，至少两个。娶了红玫瑰，久而久之，红的变了墙上的一抹蚊子血，白的还是‘床前明月光’；娶了白玫瑰，白的便是衣服上粘的一粒饭粘子，红的却是心口上一颗朱砂痣。

（3）“90后”聊初夜

为了让本文更接地气，我还特意找了一群荷尔蒙分泌旺盛的“90后”，聊了一下他们这代人的爱情观。

他们普遍认为，以前的日子慢吞吞的，“车、马、邮件都慢，一生只够爱一个人。”

现在已经完全不一样了，信息爆炸的时代，方便面的年代，什么都快，“不是我看不懂，而是这个世界变化太快”。以前十年才能感受到的变化，现在可能一年不到就刷新了甚至毁了三观。

在如此高速发展的社会里，文明就像是一辆高速前行的列车，里面承载的爱情自然也很快。上一周还爱着某人爱得死去活来，下一个月已经重新跟另一个 Mr/Ms.Right 甜蜜蜜地羡煞旁人了——没准还是跟同性。

另外，他们还说，在中学的时候，班主任有一个非常重要的工作——抓学生早恋。也就是说，早熟早恋已经成了“90 后”的主流爱情观。其中一个妹子，还说了这么一句话，特别值得玩味：

在宿舍，“80 后”一般聊的是初恋，“90 后”则是聊初夜。

当然，你要说这是一家之言，也无可厚非。但总的来说，“90 后”的爱情像是一辆快速行驶中的巴士，外面的风景不断更换，上下车的人也不断变换，你以为旁座的人会跟你一路同行到终点，结果你自己下一站就下车了。所幸的是，分手后恢复的时间也不需要很久，因为很快就会有新的人上车了。

此外，他们普遍比较早熟，对性的理解比“70 后”和“80 后”开放，不再有强烈的处女情结，也更会享受性本身所带来的快乐。“享乐主义和及时行欲主义”从这一代起开始盛行，“若教眼底无离恨，不信人间有白头”的思想基本不适合这代人。

（4）真正的爱情

“纤云弄巧，飞星传恨，银汉迢迢暗度。金风玉露一相逢，便胜却人间无数。”如你所知，这首七夕诗出自著名的宋代词人秦观，描绘的是牛郎和织女间每年一次的约会。

另外，秦大人还是一个典型的“40后”（生于1049年）。然而，诗词中所描述的爱情，却是如此美好，即便是放到几百年后的今天，也能轻易地让人沉醉。

其实我想说的是，爱情虽然有各自的时代特点，但不管是什么样的年代，真正的爱情都应该回归其本质：

一见钟情，两情相悦，如胶似漆，相濡以沫。分开后一种相思，两处闲愁。此去经年，应是良辰好景虚设，唯有望穿秋水，睹物思君，“海上生明月，天涯共此时”。倘若情深缘浅，劳燕分飞，有情人难成眷属，则难过得心如刀割，懊恼不已甚至痛不欲生。“一怀愁绪，几年离索。错，错，错！”……

然而，如今这世道，君不见相亲节目里那一批批年轻貌美的正在等待着自己爱情宿命的女郎；君不见婚姻登记处人来人往离婚率连年攀升……

这是一个光怪陆离的“剩女”和“光棍”同时横行的时代，这更是一个宁愿高唱欢乐颂也不愿写不二情书的年代。

或者，最好的爱情应该是这样：像“90后”那样甜言蜜语，像“80后”那样注重浪漫风情，同时也像“70后”那样，相濡以沫地恪守一辈子。

日久见人心，不如旅行见真情

嫁给你？YES，I DO！不过先跟我走一趟吧。

众所周知，眼下所处的这个时代，更新换代太快，以致有些光怪陆离了：

一方面流行“闪婚”，快餐式的爱情，结婚比结拜快；另一方面，又死活要等真爱，哪怕枯老一生，亦无怨无悔；要不就是“恐婚族”横行，打死也不愿意说“我愿意”。

不过话说回来，确实也不能怪大家，每个人都有着自己的无奈和“一千个伤心的理由”。正如木心的诗所写：从前的日色变得慢，车、马、邮件都慢，一生只够爱一个人。可现在呢，我们哪有这么多时间，好好地熬一碗色香味俱全的“浓情汤”？

别说进入社会后，心力交瘁，“二月新丝五月谷，为谁辛苦为谁忙”。就算是在大学，作为成年后最有时间谈情说爱的学生党，也不是想着月上柳梢头，人约黄昏后，慢慢地水到渠成，而是一来二去的就想着拐去校门口的小酒店。

此外，学乖了的人们，早已习惯了戴着面具生活，个个都是演技派，爱你的钱还是人，图你的色还是心，当真没个准。都说路遥知马力，日久见人心，这倒是事实。可如上所述，我们哪有这么多路遥和日久，有的只是父母逼婚和身心肿胀。

当然，也不是没有权宜之计的。最中肯的办法，其实就是跟你的另一半，郎情妾意地去一趟远方：拉萨或大理，曼谷或里约，实在不行跑一趟省内游也行。爱或不爱，嫁或不嫁，心里立马笃定。

（1）了解对方的优点

说到旅行，最基本的内容包括吃、住、行三方面，每一个方面都有讲究，以此为镜，便可管中窥豹地看到对方的优点。找爱人吧，当然要对另一半的各大卖点如数家珍了。

首先说到吃，这个最直接了，民以食为天，吃什么，哪里吃，哪时吃，等等，在旅行的过程都能够见人品。

一般好的爱人，肯定会咨询你的意见，然后再根据你们的旅行环境和经济条件，综合做出决定。

当然，你有什么禁忌或不爱吃的，他也会事先了解，然后再给建议，而不是自作主张，甚至自以为是地一定要吃什么。

住呢，这个最讲究了。如果你是一个妹子，跟对方正处在微妙的暧昧期，男方并没有猴急地订个豪华大单间，然后再跟你说surprise，说明他还是一个比较尊重女性的绅士。

但如果你是男性，跟刚交往的女友出行，你根据自己的经济条件和消费习惯，订了你认为合适的房间，对方一开始表示无条件认同，可后来又屡屡嫌弃，那你得想想，要么是你们经济上不门当户对，消费观念有差异，要么是对方没想着跟你好好过安生日子。

至于行嘛，那更是旅行中逃不开的元素了。一个贴心的男友，肯定会考虑女性的身体条件，尽量选择不让你累的出行方式。一个通情达理的女性，也不会动辄出门打专车，远行就飞机，怎么舒适怎么来。

（2）暴露彼此的缺点

众所周知，旅行具备两大特性：一是疲惫，二是无常。

如果说平时还能装个子丑寅卯，可一旦人累了，习惯就会很快流露出来了。是骡子是马，让他 / 她搬一晚上砖就知道了。而且本人强烈建议，一起浪漫出行，还是自助游比较靠谱。因为自助游往往更累，也更容易见真情。

另外，旅行的过程中，“无常”也是最主要的旋律，比如说下雨、迷路、天价饭菜、钱包被偷，甚至遇上变态等。碰到这些突发情况，他是耐心地解决问题，还是突然就怒发冲冠；她是絮絮叨叨，还是大耍公主脾气，很容易就知根知底了。

（3）性格是否匹配?

我大学时有一个好友，初恋谈了个外院姑娘，平时上下课自习什么的，一起骑辆单车耳鬓厮磨的，看起来还挺恩爱。可万万没想到的是，他们毕业旅行去北京游玩的时候，一共玩了七天，却冷战了三天。

当然，不是说他女友不好，也不是好友脾气太差，而是他们的性格实在不合：一个人喜欢慢条斯理地游玩，看山看水看自然；另一个人则喜欢人文或人造风景，风风火火逛京城……由此折射出来的价值观很不一样。

我当时就跟好友说，你俩肯定不合适，别陷太深。他还不信，非说我妒忌（我当时跟初恋分手不久）。

结果一语成谶，毕业没多久，他们就分手了。好友心碎了一地，难过了一年多，至今还单身。

所以说，在旅行中，我们很容易就看出两人的性格是否匹配：点餐时，是否你比较随意，他很有主见？游玩中，你们是否都觉得尽兴？有些人喜欢看山，有些人偏爱戏水；有些人看到小桥流水古道西风很惬意，有些人则喜欢繁华都市灯红酒绿……

（4）邂逅更真实的自己

对于安徒生来说，旅行是恢复青春活力的源泉。对于培根而言，旅行是教育的重要部分。而我们的南宋大诗人陆游则认为，名山如高人，岂可久不见？

确实，行走的路上，也是一种自我成长的过程，每个人都会有自己的收获。最重要的是，我们能够更加认清自己。

正所谓“来如春梦不多时，去似朝云无觅处”，跟读万卷书方知人间百态一样，行万里路才更能体会世间疾苦，从而邂逅一个久违的自己，一份更真实的初心。

继而更明白，人生的这个阶段，是需要找一个爱人，先成家后立业，还是不想这么快稳定，且看且珍惜。你没准儿还能在旅行中，发现自己是同性恋呢！倘若如此，那还是赶紧分手吧，别挡着自己追求真爱了。

记得钱钟书曾在《围城》里写道：“结婚以后的蜜月旅行是次序颠倒的，应该先共同旅行一个月，一个月舟车仆仆以后，双方还没有彼此看破，彼此厌恶，还没有吵架翻脸，还要维持原来的婚约，这种夫妇保证不会离婚。”

确实，关于婚姻，钱老早有洞若观火的见地，值得我们细品。但凡一个人，通过短暂而曼妙的旅行，了解了另一半的优缺点，知道了你们是否门当户对，并且还清楚了现阶段真正想要的东西，你还会不知道，这是不是你要的人？

想出去旅行的（准）恋人们，赶紧做攻略吧！千万别在乎人多，人越多，越能考验彼此。也别担心钱不够，借钱也要走一趟，要不以后亏得更多……情路漫漫，就让我们的身体和灵魂，一起在路上吧。

你无法左右男人，但可以左右你的口红

越女新妆出镜心，自知明艳更沉吟。齐纨未足时人贵，一曲菱歌敌万金。

——张籍《酬朱庆馀》

（1）

有这么一个说法，大家一定很熟悉，说好男人都是培养出来的。

但如你所知，要想真正地培养一个人，哪有这么容易，而且这个人还恰好是“来自火星的以死要面子而著称”的男性。

也难怪，著名的美国女演员海瑟·洛克莱尔在经历了两次失败的婚姻后，终于幡然醒悟，发出这样的感叹：

你无法左右男人，但可以左右你的口红。

之所以要拿口红说事，其实有两层意思：

一是把自己妆扮得更漂亮些，“盈盈醉眼横秋水，淡淡蛾眉抹远山”，心情自然会更好，既然改变不了对方，也不要灰心丧气，更不能灰头土脸，任由“渣男”雨打风吹去吧。

二来是让自己更有风韵和魅力，甚至性感，“越女新妆出镜心，自知明艳更沉吟”，自然能让男人为你动容，甘拜裙下。

也就是说，一个女人要想真正地改变一个男人，还是得从自身出发，拿自己开刀，走“曲线救国”的道路。

如果你的着力点是对方的话，结果只会适得其反，非但吃力不讨好，没准儿还会毁掉一段旷世的好姻缘——这一点，我算是有强烈的感触。

（2）

记得大学时，我舍友有一个交往多年的女友，而且还是初恋，中学时就已经在一起了（其实我跟他们也是同一所中学的）。

高考结束后，他俩居然没有顺势分手，而是考进了同一所大学。最可恶的是，还继续跟我同校。这小两口的感情真是励志啊，我这个“小三”也够有韧性。

老实说，舍友是一个名副其实的帅哥，脾气也不错。但其女友却是典型的嘴欠的人，对男友的口头禅是：

你怎么这么不成熟啊？！
你怎么天天打机啊？！
你怎么这么不会照顾人啊？！
……

有时候甚至还会在公开场合指责他，可谓是不放弃任何一个“把他调教成如意郎君”的机会。

可惜的是，这厮非但没有积极改正，而且还暗地里跟我抱怨其女友的诸多不是——由此可见，这货还真心有些不成熟。

我也曾劝过他女友，说他迟早会变得成熟的，对于迟早会发生的事情，不需要太急嘛。这样老逼着他改变，有些揠苗助长啊……就差没说你老这样逼他，肯定会分手的。

结果一语成谶，携手风雨了八年的他们，在临近结婚时，突然就分开了，原因是我舍友遇到了一个学妹，很乖巧并且对师兄很崇拜，两人很快就“闪婚”了，他前女友直到现在还单身一人。

如果你从这个故事中，读到了一个男人的变心，当然也无可厚非。但我更想告诉大家的是，其实两个人在一起，最忌讳的是，老盯着对方的不足，希望对方改变这个、改变那个，浑然不顾其原本的样子。

这让我想起了罗伊·克里夫特的一首诗《爱》，该诗被常年引用于各大婚礼现场：

我爱你，不光是因为你的样子，还因为，跟你在一起的时候，我的样子。

（3）

我曾经看过这么一个电视节目，有关情感问题解答的。

有一个颜值不错的姑娘，提问说自己的老公不是很爷们儿，有点儿小气，更有点儿娘，做起事来不是很自信，甚至还有些自卑，想请教一下，如何改变自己的老公，让其更爷们儿？

在场有三位专家解答，其他两个讲什么我早忘了，第三位心理专家给出的建议，让我眼前一亮：

这种现象均是你的错觉。我劝你不要去改变谁。譬如冬天下雪地面湿滑，你非要改变路况，劳师动众。其实你只需要穿摩擦力大的鞋就行了，不需要改变大自然啊。
其实很多男女朋友都有这种现象。或许你并没意识到，正是由于对你的容忍或者你的某种强势，才使你老公变得更加娘。因为女人和男人的心理不同，男人与女人相处久了，女人心性的多变会天然消耗男人的心力。男人之所以有阳刚之气，在于心定。

贤妻有如补药一般，即便她们再有智慧，也不喧宾夺主，而是暗中辅助，存有敬重之心。事后，男人反过来也会感激而奋进。这才能使生活更好。
所以，要想真正地改变这个情况，还是得先想办法改变自己的思想和做法吧。

由此可见，有些时候，问题未必出自对方，而是自身——著名的法国哲学家萨特就曾说过，如果你试图改变一些东西，首先应该接受许多东西。

（4）

《圣经》的《创世纪》第二章里，曾提到过，女人是由男人身上的一根肋骨做成的。

上帝用亚当的肋骨造了一个女人，名叫夏娃，她是亚当的配偶，主要是来帮助亚当的；
上帝没有用头骨造夏娃，是不让女人骑到男人的头上；
上帝也没有用脚骨造夏娃，是不让男人将女人踩在脚下。

有关肋骨之传说，其实有两层意思：

一方面女人是男人的软肋，是男人的弱点所在；

另一方面，从进化心理学上分析，远古时期，男人外出狩猎，女的则在家耕织，一半主外，一半主内。于是，在潜意识上男人有一种天然的优越感。

与此同时，每个男人都有追求更好的内驱力，希望自己变得更强壮，但又不愿承认自己有缺点、不完美，更不愿意被女性改变。当然，你非得要说这是男权主义思想作祟，那也不为过。

最后，想补充的一点是，爱情里最忌讳的就是用自己的好来绑架对方，总觉得自己做了什么牺牲，对方就应该做出什么样的改变。

要我说，就算你在某个阶段成功了，拿下了对方，可一旦你们过了蜜月期，矛盾也会暴露得一览无余，甚至变本加厉。

所以，与其处心积虑地琢磨着改变对方，直至叹息“等闲变却故人心，却道故人心易变”，倒不如好好地把自己收拾一下，随缘不变，变化随缘。须知道，让自己男人变得更好的最佳办法，无非是让自己值得拥有一个更好的男人。

或许你该嫁一棵香蕉树

命是弱者的借口，运是强者的谦辞。

前几天冬寒，难得清闲，跟老妈窝在家里看电视。电视里播的是歌唱类节目，我妈虽然平时对唱歌没什么兴趣，但却异常地喜欢看人唱歌，而且还略有着迷，认识的歌手居然比我认识的姑娘还多。

那天刚好看到香港的某个新生代女歌手，具体就不点名了，歌还没唱到一半，我妈就一脸肯定地说，这女人的面相看起来就很克夫！

我虽然也不太喜欢这个人的模样（透着一股黑社会老大千金而且脾气坏到随时准备甩你一大嘴巴的横劲），但还是忍不住说了句公道话：光看面相怎么能知道一个人的命运呢，而且还是她未来老公的？

我妈不屑地笑了笑，脸上露出一副世事沧桑但洞若玄明的表情，说你不懂，我给你讲一个故事吧。

故事发生在我们老家，南方的某个小镇，虽不是什么大城市，但也绝非未开化的蛮夷之地。有一对刚恋爱不久的小年轻，男孩是个富二代，而且还是独生子。家里承包了几个林场，靠山吃饭，吃得异常滋润，也吃得高高瘦瘦和阳光健康的，形象足以入选“小镇 F4”。

此外，男孩虽从小集七大姨八大婶等的宠爱于一身，却丝毫没有公子哥的毛病，私生活也检点，作风正派，勤劳踏实，爱岗敬业，长期盘踞在镇里的十大劳模之首。

女方则是一个颇有几分颜值的姑娘，心地善良（漂亮的妹子一般看起来都善良），脾气温和，家境一般，有良好的教育背景，无买包买醉之恶习。本来这种情况是郎才女貌、珠联璧合的好事，却遭到了老人的反对，原因很简单，因为这女孩子是“断掌”。

说到断掌，“女断掌，吃穷郎”的观念在老一辈那儿非常流行。也就是说，断掌的女子会克夫，轻则影响财运和健康，重则夺其性命。

虽说如此，这对苦命鸳鸯却没有相忘于江湖，而是依旧不离不弃，相濡以沫，用“咬定青山不放松”的精神抗战多年。眼看都要双双奔三了，最后没办法，老人家们熬不过，抱孙心切，也就默许了。

眼看迎来一个大团圆的结局，造化却在这时跑出来弄人。在新婚宴席的当晚，新郎很开心，非常开心，一半被动一半主动地灌了不少的酒，回到家，说累了要冲个凉，结果冲凉的时候就再没有出来。

如此噩耗，男方家自然是无法接受的，悲痛之余还集结了一大帮亲朋好友，服饰统一（披麻戴孝）地跑去镇委会，去警察局，去女方家……怒气冲冲地叫嚣：断掌女人是罪魁祸首，要立即偿命。所幸局里面还是讲法的比较多，很快就将这个“非法民间组织”给瓦解了。

当然如你所料，他们并没有就此罢休，而是再次召集人马，在小镇内外四处宣扬，说此女子是“天煞孤星”，是恶毒的“黑寡妇”，谁跟她好就不得好死……妹子无奈之下，只能背井离乡。

后来据说此女子去了东莞的某个叫常平的镇里打工，期间被害染上毒瘾，被迫从事“技师”工作，如今多年未归，下落不明。当然，这个传闻也有可能是男方家造谣出来的。

如你所知，上文是一个有关“克夫”的人间悲剧。说到“克夫”，“专业人士”分析，除了看掌纹（一般男左女右）之外，还有几种看法。最常见的就是面相了，比如说鼻梁露骨，唇薄，口角下垂，胸大屁股大，等等，但凡有这些特征都不太好。如果脸上有痣，长在某个地方，也会有“克夫”的嫌疑（为避免有些读者朋友对号入座，这里就不知识普及了）。

众所周知，三国时期，有一位著名的美女——貂蝉，贵为中国四大美女之一，具有闭月之神奇技能。此女子也是个奇葩，先跟了董卓，结果董卓被宰了，后跟了吕布，结果吕布被宰了，她的第一个主人王允，也是一样被杀。

乍一听，这似乎是一个简单而玄乎的故事，结论就是：跟貂蝉亲密的男人，都没有好下场。换言之，这位美人是个典型的“克夫命”。然而，真实的情况又是什么样的呢？

我又看到了这么一个版本，把貂蝉理解为是一个革命斗士，为了大局，明里是嫁董卓，暗里又许配给吕布，从而让他们结怨争斗，最终双双毙命，继而艰巨地完成了组织上派给她的任务。当然，革命不是请客吃饭，组织上也会有牺牲（比如说王允）。结果，我们的大美女貂蝉从此背负了“克夫”的恶毒名声。

从这个故事中，我们似乎可以得出以下两个结论：

第一，要是有一个美女，平白无故，突然就想跟你腻在一起，一定要照照镜子或看看钱包，免得给“仙人跳”摆一道就不好了；
第二，别说是听来的故事，就算是赤裸裸地写进了教科书的历史，也应该抱有一定的怀疑精神。

在我们的隔壁印度，有这么一个有趣的说法，说只要是绝色美女，都有“克夫命”。对此，著名的宝莱坞第一美女艾西瓦娅也很困惑。当然，套用我们中国人的“牡丹花下死，做鬼也风流”的说法，这样的佳丽别说是断掌“克夫命”，即便是倾国倾城的褒姒命，也有成千上万的王子诸侯、优质男将她奉为女神。

所幸的是，印度的老百姓跟咱们中国人一样，也是非常具有生活智慧的。他们给这种所谓的“克夫命”找了一个皆大欢喜的解决方式：在正式嫁为人妻前，先与一棵香蕉树举行婚礼，即可破除“克夫命”。

结果，艾西瓦娅就开开心心、风风光光地先嫁给了一棵幸运的香蕉树，然后再“二婚”给自己的男神，后来还生了一个胖胖的女娃，如今老公活得好好的。至于为什么是嫁给香蕉树，而不是苹果、雪梨树呢，其实也很好理解，大家可以自己去猜。

正所谓“命是弱者的借口，运是强者的谦辞”。对于老家的那对鸳鸯，我宁愿相信男方是喝多了酒，开心过度导致死亡，或者是压抑多年彻底释放以后心脏承受不了，甚至是狗血般地有人在酒里下了药……也不愿意相信，所谓的命运，是由女方手上那与生俱来的掌纹决定的。

当然，这只是本人的愚昧观点。如果坐在文字前面的某位朋友，真要相信“克夫”之说法，而且还恰好有类似的掌纹和面相的话，也不需要太悲观，只需要找棵帅气的香蕉树嫁了就行了。

马拉松式的恋爱，如何跑到终点？

一生一代一双人，争教两处销魂？相思相望不相亲，天为谁春。

——《画堂春·一生一代一双人》纳兰性德

（1）

客官，你的身边一定有这样的情况吧：

一对年龄相仿的恋人，看似感情深厚，如胶似漆，“你是风儿我是沙”。可一旦谈到结婚，男人就支支吾吾，说要等自己的条件更好，更成熟，要不就等买到房子再说。

结果如你所料，女孩慢慢就成了“逼婚姐”，春去秋来，逼走了夏蝉冬雪，逝水流年，逼旧了如花容颜，直至从“黄花闺女”逼到了“黄金剩女”，“此水几时休，此恨何时已。只愿君心似我心，定不负相思意……”结果却还是，花开灿烂有余，正果一枚难修。

总而言之，一对恋人，如果恋爱太久，没结成婚的话，分开的概率就会很高。只因时间长了，彼此之间熟悉了，激情也基本消失殆尽了，很容易就到了“食之无味，弃之可惜”的地步，进入“烦了累了腻了”的“三了模式”。

两个人在一起，如果说短跑靠的是荷尔蒙和脑门发热；中长跑靠的则是相互扶持，连拉带拽，一起熬到终点。可一旦跑起了马拉松，就没那么简单了：

一来，双方的道行深浅不一，体力也各有千秋，很难保证持续同步前行；二来，途中又会遇到各种各样的风雨、际遇、诱惑、岔路，以及妖魔鬼怪……也难怪，最终能熬到终点的人，寥寥无几。

从生物学的角度来说，有一种物质，专门负责爱情，被称为phenylethylamine（苯基乙胺），简称 PEA 。

无论是一见钟情，还是日久生情，只要你的头脑中能够产生足够多的 PEA，丘比特就会射来爱情之箭——俗话说的“来电”，就是 PEA 的杰作了。

值得一说的是，视个体和环境的差别，一般来说，PEA 的浓度高峰可持续 6 个月到 4 年左右的时间，平均则不到 2.5 年。换言之，一个人的 PEA 浓度一旦下滑，就会从迷醉状态中恢复过来，然后就像我们常说的那样，失去了爱的感觉。

如你所知，一旦到了临界点，恋人还未成婚的话，很容易分开，“一别两宽，各生欢喜”，成为那个最熟悉的陌路人。

（2）

近日，国内某著名的婚恋网站，就“马拉松式的恋爱”发起了问卷调查，对象是其1000多万名单身会员。

结果有53.3%的会员认为，恋爱半年到一年内结婚最好；约39%的人则支持，恋爱1～2年内结婚更合适；而支持恋爱2年以上结婚的人仅为7.7%。

也就是说，绝大多数的人都不赞成马拉松式的恋爱。但话说回来，漫长到近乎乏味的恋爱，未必就不能收获完美的归宿，比如说拥有24年恋爱史的刘德华和朱丽倩，恩爱20年的梁朝伟和刘嘉玲。

记得，在2008年的不丹婚礼上，刘嘉玲曾公开表示，“我希望从我们身上带给大家一种承诺、互爱、坚守的信念：婚姻可信！承诺可信！”

确实，他们用亲身行动证明了，马拉松式的恋爱也能够跑到终点。其实，从科学的角度去看，这样的恋爱模式，也有其理论基础。

科学家认为，在轰轰烈烈地爱过之后，我们需要另外一种爱情物质：endorphin（内啡肽），来填补激情。内啡肽主要是用来降低身体的焦虑感，给人一种安逸的、温暖的、亲密的和平静的感觉。

虽然这并不能让人激动和兴奋，但这种温馨的感觉，一样能使人上瘾。一般来说，当一对稳定恋人交往的时间越长，这种状态也就会越牢固，其中很大的一个原因是，恋爱的双方已经习惯了内啡肽所带来的平静。

由此可见，让马拉松式的恋爱跑到终点的关键在于：在 PEA 之类的激情物质消退之前，在爱情彻底退潮之前，恋人之间能分泌出足够多的内啡肽。

（3）

我认识一对情侣，两人都是清华大学的高才生。小两口毕业后工作、创业、失败，一人继续工作填补家用，另一个人再创业，创业成功，身家百万、千万、近亿……当然，我只是从他们的房子、车子和平时发的微信红包来估计的，未实际瞟过他们家的银行账户。

重点是，两人从大学开始恋爱，毕业后 9 年，才正式结婚，典型的马拉松式恋爱。婚礼是在美国的一个大峡谷举行的，动用了两架直升飞机来接亲。

有一次，我很八卦地问他们（当然，你也可以理解为是作者的好奇心），你们现在虽说不是一把年纪，但也是奔往不惑之年的路上，怎么看起来还像大学恋爱时一样呢？男人对女人呵护有加，女人在男人身边又是如此的小鸟依人。最重要的是，男人这些年过来，没少遇到诱惑吧，怎么还能长情至今？

这样的问题，男人自然要充当官方发言人的，只见他露出了意味深长的笑容，似乎早已习惯这样的疑问，然后说道：

“其实最重要的一点是，我们有着同样的世界观：不管是走过的坎坷路，还是看过的美好风景，抑或是遇到过的人神佛兽。这些年来，我们几乎都在观着同样的世界，彼此鼓励着成长过来的……”

（4）

记得仓央嘉措曾在《问佛》里说过，“留人间多少爱，迎浮世千重变，和有情人，做快乐事，别问是劫是缘。”

也就是说，人世间的爱情，结果自然重要，但过程亦不容忽视。其实，以本人之拙见，要想让马拉松式的恋爱成功地跑到终点，需要在过程中做好以下三点：

拥有共同目标

无论是一所房子，还是一份车贷，两个人都必须拥有共同的目标。当然，个人的价值，需要跟这个共同的目标绑在一起。这就有点像是一个公司了，公司发展，必须有一个远大的愿景，但又必须跟每个人的目标联系在一起。也只有这样，两个人才能保持更持久的激情。

建立平衡机制

科学表明，一般三者之间的关系，是最为稳定的——当然，这里的三者，不是世俗意义的第三者，而是某种精神的寄托，两个人都很喜欢，愿意倾注感情的那种，比如说婚后的宝宝，婚前的某个宠物，或是一个共同的兴趣爱好。

同步"打怪升级"

共同进步，保持同样的步伐，相互欣赏，做对方的铁杆粉丝，就像是马拉松，一起扶持着前行，千万不要一个人跑很快，一个人则一直掉队，甚至干脆不跑了，专门搞后勤工作，结果两人的心理距离越来越大。

最后，还想补充的一点是，虽然每个人都想着“愿得一人心，白首不分离”，早日与有缘人“洞房花烛夜”，但正所谓“因缘际遇，缘起缘灭”，倘若当真遇到了暂时不想结婚的有缘人，也只好陪他/她一起成长了。

当然，再长的马拉松，也要给自己一个终点，实在等不了，那就一拍两散吧。如果一个人不想进城，另外一人却拼命想结婚，连拉带拽地把对方带到了终点，甚至还给他生个娃，当作大奖，结果只会两败俱伤。

须知道，瓜熟自然蒂落，夏热尽自然秋风起。万物皆有四季，凡事也皆有时令，勉强得来的幸福，终究会食之乏味，难慰往后的漫漫风尘。

一辈子不长，谈三次恋爱就够了

曾经沧海难为水，除却巫山不是云。取次花丛懒回顾，半缘修道半缘君。

——元稹《离思五首·其四》

（1）

最近，流行这么一种说法，说一个人活一辈子，谈三次恋爱就够了：

一次懵懂
一次深刻
一次一生

对此，我代表“离我而去的前女友和未来的家人”表示非常认同。须知道，我已经活到了足够大的年纪，懵懂的爱情早已经历，痛不欲生且垂泪到天明的感受也深有体会，接下来是期待一生一世的“爱相随”了。

一辈子不是很长，活着活着就老了。在真正地变老变酸之前，还是尽可能地谈够三次恋爱吧：

一次是懵懂不知，如青苹果一般，涩中带甜。像是爱情，又仿佛只是彼此间的好感。时而不确定，时而又非常笃定，正如经典电影《怦然心动》里的朱莉和布莱斯，若有若无的情愫，美好而单纯。

一次是飞蛾扑火的深刻，如李清照般婉约的爱情，任由相思“才下眉头，却上心头”。分开时“执手相看泪眼，竟无语凝噎”，重逢时又“忍把千金酬一笑？毕竟相思，不似相逢好”。

一次是一生一世，“死生契阔，与子成说。执子之手，与子偕老”，“你是风儿我是沙，缠缠绵绵到天涯”。我能想到最浪漫的事，就是跟你一起慢慢变老。

……

正是因为懵懂，才知道爱有多美好。只有经历过深刻、顿悟，甚至刻骨铭心，才知道爱有多让人心碎。

当我们体会了爱的美好和心碎之后，方能练就一双慧眼，于人海茫茫中，寻得那个值得生死相守、一生相随的爱人。

倘若颠倒了顺序，或是省略了某一次恋爱，都可能造成难以预料的结果。

（2）

我有个表哥，在一家知名的国企上班，年方而立，月薪 2w+，住着 150 平方米 + 的大房子，有一对可爱的双胞胎……

但前不久见面时，也不知道是不是喝多了，他跟我哭诉（当真是抱头痛哭的那种），现在的生活真是生不如死啊。

盖因他妈从小就管得严，让他没有太多的自由，更别说接触异性了。加上自己是个学霸，常年不问风月，只求学成，结果一直没有机会恋爱，直到大学毕业后，才认识了现在的老婆。

当时，我们觉得那个女子有诸多恶习——别说是结婚，连恋爱都不适合。比如说非常懒，而且还非常虚弱，外加有不小的大小姐脾气（家里的独生女），最重要的是非常胖，毫无“颜值”可言。

可当年我那个青涩懵懂且情窦初开的表哥，却一口咬定此女子就是他的真命天女，嚷着要结婚过一辈子，浑然不顾我们的建议和阻挠。

他妈一辈子朴实善良，到菜市场都没跟人吵过架的中国好妇女，居然都威胁道，要是敢娶此女子，就不让其进家门。可还是无济于事，反而加快了他们的结婚节奏。

结果，“闪婚”不到两个月，蜜月期都未过，小两口就因为各种事情吵吵闹闹，一直磨合到了三年后的现在。以后还有一辈子那么长，但愿他们吵着吵着就习惯了吧。

（3）

在小说《欢乐颂》里，五个女子的爱情观均不一致，比如说“曲妖精”出手抢人男友毫不犹豫，却能够心安理得秀恩爱……但后来都算是修成正果，唯有“胡同公主”樊胜美例外。

盖因她把青梅竹马的王柏川当备胎，一心想找个有钱的老公，飞上枝头变凤凰，可结果呢？

她被那些有钱的老男人轻慢、冷落，被富二代拿出去当男人间消遣的对象，在深夜之中喝醉酒痛哭，悲伤于自己无助的命运，同时又不甘心委身于一个普通人。

正是因为她对自己的爱情没有正确的定位，在经历过懵懂和深刻的伤痛后，依旧错过了本该值得一生托付的好男人。

对此，“曲妖精”在剧情里有这么一句台词，似乎是对樊胜美最贴切的讽刺。在樊胜美跟一帮男人觥筹交错时，恰好被曲筱绡看到：

她以为她是这个桌上的主宾，其实她是这帮男人的主菜。

（4）

从进化论的角度去看，一个人恋爱三次，也是完全符合生物本性的。人终究是一种爱比较的动物，“挑三拣四和朝秦暮楚”，从某种程度上来说，未必是缺点，而是天性，甚至可以说是人类繁衍生息的必要。

正是因为有比较，才知道哪个更优秀，继而把自己的优秀基因遗传下去。

众所周知，柏拉图有一个经典的麦田爱情理论。有一天，他问老师苏格拉底，什么是爱情？

老师让他去麦地里捡最大最金黄的麦穗，而且只能捡一次，不能回头。结果他两手空空地出来了，心情非常沮丧。

后来，有一天，他又去问老师，婚姻是什么？

老师让他去森林，砍最大最茂盛的树，结果他吸取了上次恋爱教训，砍下了一棵不算太差也不是非常茂盛的树。如你所知，这棵树其实就是柏拉图值得一生去爱的人了。

（5）

著名畅销书《拆掉思维里的墙》的作者古典曾经说过："你需要一见钟情很多人，两情相悦一些人，然后才白头偕老一个人。"

也就是说，要想白头偕老一个人，一生一世一段情，前面起码得有两层以上的爱情修行。而依本人之拙见，最好的办法无非是经历一次懵懂和一次深刻。

其实，生物学研究表明，雄性本质上是一种喜新厌旧的动物，总是希望可以找到更多的雌性，将自己的优秀基因遗传下去。也就是说，采用的是"多尝试、群撒网"的遗传政策——当然，道德文明暂时不在此讨论范畴。

所以从某种角度去说，一个真正的男子，要想真正地安定下来，要不就是没有能力造次，要不就是曾经有过故事。倘若真心要他死心塌地，最好的办法还是经过一次懵懂和一次深刻的爱情：

曾经沧海难为水，除却巫山不是云。取次花丛懒回顾，半缘修道半缘君。

当然，话说回来，如果你能够真正确定，身边的那一位就是你的 Mr/Ms. Right，在他 / 她一个人的身上，也能够感受到懵懂、深刻甚至一生，而且对方也是这样想的，那么一定得恭喜你，好好珍惜吧，"蓦然回首，那人正在灯火阑珊处"。

倘若不是，那还是老老实实地谈够三次恋爱，修够爱情积分吧。须知这世上，非但成功没有捷径，爱情也不应该有侥幸。

. . . . P A R T 2

职场 CAREER

三十功名尘与土，八千里路云和月

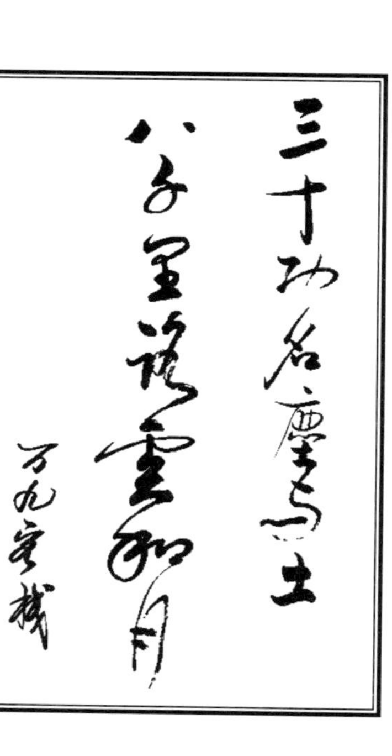
三十功名尘与土
八千里路云和月

有一种开不了口的痛，叫职业女性

商贾女郎辈，不曾道生死。纵遇强礼拜，雅语不露齿。

——卢仝《寄赠含曦上人》

（1）

2013年12月，被称为“中国就业性别歧视第一案”的曹菊案，终于在历时一年后，获得了法院受理，这一案件一度被媒体称之为“悬在半空的诉讼”。

在接到律师电话的那一刻，曹菊（化名）的心情跟电影《秋菊打官司》里几经周折最后诉讼成功的秋菊一样，完全可以用“悲喜交加”来形容——用她的话来说就是：“我会永远记住这个时刻。”

在过去的一年里，这位刚毕业的女大学生，承受了莫大的精神压力和经济压力，只为了还自己一个公道。

其实，事情的起因很简单，套路大家也熟悉，就是曹同学去应聘某公司某职位，感觉自己各方面都匹配，结果却应聘失败了。公司给出的理由是——该职位只招男同学，对姑娘家敬而远之。

于是，曹同学一怒之下提起了诉讼，并在尝试了控告、举报、写建议信等多种途径后，成功地把这事搬到了法庭上和百姓眼中。

虽然曹菊最后打赢了官司，赢得了经济赔偿和社会舆论。但如上所述，其所付出的代价确实惊人。

我想，大多数的人，在遇到这种情况时，都会选择做“沉默的大多数”。换了是我，应该也是早早放弃，回家睡觉，或是看个美剧，以求安慰。

但如果人人都是这样的话，职场女性的权益将如何获得保障？我们这个逐渐文明和开放的社会，又将如何获得进步？

只不过，进步仍需要时间。要知道，三年后的今天，我们的职场女兵们，依旧面对着各种显性或隐性的歧视：不管是性骚扰和潜规则，还是怀孕后公司的区别对待，抑或是在家里所遭遇的婆媳矛盾和爱人不理解……她们时刻煎熬在性别歧视的无间道里，如同活在一张无声无息却又如影随形的网中。

（2）

2015年，由中华全国妇女联合会和国家统计局共同开展的中国妇女社会地位调查报告显示：

一方面，在健康和受教育两大版块，妇女的地位比往年进步了很多；
另一方面，仍有超过65%的女性，对于歧视有这样一种看法：“因为性别的原因，她们不被雇佣或不能升职”；
更严重的是，超过72%的女性认为，她们曾经被解雇是因为“婚姻和生育”问题。

对此，相信在“二胎政策”开放后，歧视的现象还会变本加厉，因为那些已经生过孩子的妈妈，再也没有免炒金牌了——谁知道你什么时候又怀宝宝？团队还敢不敢放心栽培你了?!

说到这儿，有些朋友可能会认为，怀孕期或者哺乳假期的女性是最安全的。拜托，我之前也曾如此天真过，但事实上，我上一个公司因为业绩不佳大批裁员的时候，首当其冲的就是那些干活能力打折了的“准妈妈”和“新妈妈”。

当然，唯一的区别就是文明些，婉转些。如果你提出正当要求，公司可能会多赔1～2个月工资。但如果你要打官司，那我可以告诉你，公司的律师在业内可是非常顶尖的那种。

这还是世界500强里的以规范著称的知名外企呢。换了其他公司，指不定会使什么坏招呢，比如说最近看到的一则新闻：一个身怀六甲的准妈咪，公司故意派其到很远的驻点上班，每天上下班就要在人堆里挤 3 个多小时。

你不去吧，就等于不服从工作安排，没奖金遭排斥被迫离职。你要真是不蒸馒头也要争口气地去吧，这么累，肚子里的宝贝会不会有影响呢？！

试问，遇到这样境况，职场女性们该如何去破？

（3）

作为全球最成功的女性之一，Facebook 的首席运营官雪莉·桑德伯格曾在《向前一步》一书中深刻剖析了男女不平等现象的原因，解开了女性成功的密码。

她认为，女性之所以没有勇气跻身领导层，不敢放开脚步，追求自己的梦想，除了社会的歧视之外，更多的是出于自身的恐惧与不自信。

桑德伯格还积极提倡：让你的另一半，成为你真正的“人生搭档”。如果希望另一半变成真正的人生搭档，首先得把对方看成与自己地位平等的好伙伴。

虽说，中国的女性地位在全球范围内都不差，不信你去看看隔壁的印度和日本，远点儿的再瞅瞅成天蒙着黑纱不见庐山真面目的伊朗妹子——其国家有个规定，没有关系的男女，不能在公开场合拥抱，而且还不能露出头发。有一次，伊朗著名女演员哈塔米，因为在戛纳电影节跟主席互相亲吻脸颊，就面临着鞭刑的惩罚。

横向看完世界，我们再来纵向看看几十年前的中国：当年的姑娘们，那真是苦啊，为取悦男主，不惜以畸为美地变成三寸金莲。

而电影《大红灯笼高高挂》里那几个正房偏房的互掐，也是那个年代富贵人家的常态。

至于穷苦人家，可以参考《白鹿原》里白嘉轩所娶过的七个老婆，里面有一句话，真是触目惊心："女人，就是糊窗户的纸，破了烂了，撕掉再糊一层。没有后代，家有万贯也都是别人的。"

由此可见，比起当年，我们的女性地位已经进步了很多，甚至还被媒体称之为"半边天"。但其实，这些都是虚荣的假象，那些根深蒂固的歧视观念依旧存在于人们的心中。当然，也存在于很多女性自己的心底。毕竟不是每个职场女性，都是内心强大又有能力的"杜拉拉"，更多的姑娘们，不过是《欢乐颂》里既善良又虚荣的"樊胜美"。

那么，我们的职场巾帼们，如何才能在这个依旧充满着歧视的社会里，“休言女子非英物，夜夜龙泉壁上鸣”，活出真正绰约自信的自己？

（4）

在过去多年的职场生涯里，我曾经面对过很多的领导，不过只有两位是女性。

一位给我的印象很差，虽说位高权重，但人人都不喜欢她。因为她成天板着脸，不苟言笑，还经常让我们无缘无故地加班，不管有没有工作。据说是为了给公司的领导看，所谓的“面子工程”。

当然，讨厌她的最重要原因，是因为她炒我“鱿鱼”了，典型的武则天、希拉里式的女强人。

另外一个领导，则相当不错，长得跟柴静一样，很 nice，也很温柔，工作张弛有度，而且最喜欢一言不合就在工作群里发大红包，深得下属们喜爱。

不过，我后来才知道，除了性格和行为习惯之外，她们之间还有一点最不一样：前者的爱人非但不支持她的工作，还总是在外面拈花惹草，我入职那阵子，她正好在跟老公打离婚官司，持续拉锯了一年多；后者则拥有一个很爱她的老公，另外还有一个无敌可爱的小宝宝。

由此可见，对职场女性而言，家人的支持有巨大的影响力，甚至直接影响到了我当年的饭碗。

（5）

不过话说回来，仅仅有家人的支持是不够的。

记得我刚毕业的时候，在几家化妆品公司待过。由于行业属性的问题，公司简直可以用“女儿国”来形容。80%以上的同事都是姑娘，其阴气之重，绝对堪比大学里的外语学院和护士学院。

即便这样，你依旧会发现一个有趣的现象，那就是中层以上的领导，90%以上都是男的，而且层级越往上，这个比例越高。

总而言之，目前的社会对职场女性来说，有着双重标准：一方面，让人觉得女性应该有自己的事业，需要独立自主，公司还经常提倡狼性文化；另一方面，在家庭的责任中，又希望女性能承担更多——不管是相夫，还是教子，抑或是赡养老人。

所以说，改变的路，依旧任重而道远，漫漫而艰难，但我们可以从自身的点滴开始努力。对于那些马上步入或已经深陷职场的女性来说，以笔者之拙见，可从以下几个方面入手：

第一，尽量从事跟女性特征契合度高的工作，比如说培训、财务、人力资源等等。

第二，争取得到家人的支持。这就要求恋爱的时候把好关，婚姻的路上也要维护好。当然，实在处不来了，也不要害怕一拍两散，正所谓“信誓旦旦，不思其反。反是不思，亦已焉哉。”

第三，活出自己，相信自己，过好自己这关。正如“物随心转，境由心造”，要想真正地改变环境和别人，首先还是得从自己下手。

至于男性同胞嘛，不管是同事还是爱人，请务必给身边的职业女性一份必要的尊重。当然，这份尊重同时也是给自己的。

须知道，繁杂万千，流年似水，在我们日复一日的工作中，除了报表、PPT 和利益，还应该有善意；在我们年复一年的生活里，除了风花雪月和名利，更应该有相濡以沫的同舟共济。

大学毕业生：除了梦想，你更需要这五项建议

行路难！行路难！多歧路，今安在？长风破浪会有时，直挂云帆济沧海。

——李白《行路难》

正所谓“惊风飘白日，光景西驰流”，一晃毕业已有多年，真是逝者如斯夫不舍昼夜啊，还记得离校前的那个夜晚：

月凉如水，夜风习习。我睡不着，翻身起床，靠阳台上抱月神思。舍友们早已各奔东西，留下一片前所未有的狼藉和墓园般的死静。

楼对面，是一个裸着上身、叼着烟的毕业生，手边还摆着半打珠啤。此刻的天空，正呈现出一片电影镜头下所特有的紫色，让本就迷惘的我，对未来更加恐慌。

如今，那些迷惘和恐慌早已褪去大半——这或许是岁月唯一的好处吧。所幸的是，这些年来，经历过繁杂万千，品尝过光怪陆离，初心依旧还在。

眼看着盛夏即将来袭，又到了一年一度的毕业季。据统计，当年全国大概有765万的年轻人，即将告别金色的大学时光，涌向荒诞而有趣的社会熔炉。

如你所知，每年此刻，离别的惆怅和对未来的彷徨都会交织在一起，如秃鹰般盘旋在各大高校的上空。

然而，不管你是否早已定好工作，此刻正“春风得意马蹄疾”地筹备着毕业旅行；还是依旧穿梭在企业和校园的应聘路上，“敢问路在何方”……我都希望，你能在正式踏出校园携梦上路之前，读读以下五条建议——倘若实在没空，看看大标题也行：

（1）不要害怕转行

前不久，我受邀进行了一次面向大学生的讲座，来的主要是财经学院的学生。

我愕然发现，他们最感兴趣的一个问题，不是如何进入好公司，而是该不该放弃大学四年所学，转去其他行当。

对此，我想说的是，冯唐习医八年，看透了生死，却看不透自己的未来，毅然决定弃医从商，后亦从文，结果商场得意，文坛更是扬名。

我在大学啃了四年的生物技术，可后来还是选择了市场营销，并经过多年的磕磕碰碰，最终去了世界上最有科技含量的公司。

与此同时，文学方面却依旧没有放弃，笔耕不辍多年，如今虽未成腕，却也算是踏出了一条血路。

所以，你是真的想任性地废四年，还是随波逐流地废一生？

而且退一步来说，你所学的任何东西一定会有用，正如冯唐曾在采访中提到，拿手术刀让他更懂生死和女人（他是妇科医生）。也正因如此，他的文字才有着超乎常人的深刻。

（2）不要害怕失恋

最近，有不少的读者大人跟我哭诉，说失恋了，好痛苦啊，一毕业就失恋，好悲催啊。

失恋的原因不一，有因为异地工作劳燕分飞的；有不想再爱了一刀两断的；甚至还有怀孕后暂时不肯堕胎给弃如敝履的……

记得毕业那年，我也面临过失恋，要死要活的，再加上为就业压力所迫，焦头烂额的，可谓是屋漏偏逢连夜雨。可后来的事实表明，任何一个失恋的人，只要没有把自己逼到跳楼的境地，都能够满血复活。

我一个大学同学，毕业失恋、堕胎，痛不欲生，一度割腕自杀，后来穷游到了北欧列国养伤。几年后带回一个挪威老公，现过着幸福的富太太生活。

所以，一段好的恋情，固然值得珍惜，但如果实在无法挽留，那就像披头士（The Beatles）的一首经典老歌（披头士歌曲名，意为“顺其自然”）*Let it be* 吧，化悲痛为力量，好好地做好自我增值，慢慢地提升自我颜值，去迎接未来属于你的那个Ms/Mr.Right。

对了，这里再送上一个段子，其中不乏一定的道理，男生看看就好了，女生可适当对号入座：

女生以后能在社会上遇见比学校里更好的男生，而男生却再也遇不到比学校里更好的女生了。

（3）一定要设定目标

有着“雷布斯”之称的小米创始人雷军有一句非常著名的话：

不要用战术上的勤奋，掩盖战略上的懒惰。

意思是说，一个人哪怕是头悬梁锥刺股地勤奋工作，但因为在目标上缺少规划，也是没有多大价值的。要说勤奋，你们真比得上富士康流水线上三班倒的那些孩子吗？！

说到目标，有些朋友可能会觉得，计划总是赶不上变化，所以还是跟着感觉走好了。

可我想说的是，哪怕你确实是一个安于平庸的人，也有自己想做成的事和想追求的小幸福吧，比如说找一份好的工作，或拥有一段稳定而甜蜜的婚姻。可是，如果不提前设好目标，做好准备，而是脚踩西瓜皮，滑到哪儿算是哪儿，就算滑到了目的地，效果也一定会大打折扣，正所谓“凡事预则立，不预则废”。

相反，一旦有了清晰而坚定的目标，我们自然会调动一切资源去实现它，神秘的“吸引力”法则也会去吸收一切可吸收的能量。

记得，在影响力仅次于《圣经》的犹太典籍《塔木德》里，有这么一句话：“如果一艘船不知道应该驶去哪个港口，那么任何方向吹来的风都不是顺风。”

（4）一定要看懂风口

在《孙子兵法》里，有这么一个著名的理论：“故善战者，求之于势，不责于人，故能择人而任势。”

这句话放在当代，其实也有一个特别贴切的比方：要做风口上的猪，哪怕再肥再重，也能迎风翱翔。

正所谓时势造英雄，任何一个时代都有着自己的属性，比如说这两年是移动互联网的井喷年，光速成就了微信和滴滴。而做自媒体的人，前几年是公众号红利期，正是跑马圈地的好时机，现在却变成了不折不扣的红海。下一个风口，也许就是今日头条这种类型的媒体了，抑或是眼下众人瞩目的直播。

所以说，不管是在公司朝九晚五，还是自己带队创业，一定要做一个能看懂时势的人。毕竟任何人的成功，都离不开天时地利人和。所谓一命二运三风水，最重要的还是靠自己去把握。

（5）10000 小时理论

毫无疑问，漫漫的追梦路是一场马拉松，而不是短跑。马云说过，短暂的激情不值钱，只有持久的激情才赚钱。

所以，我想给大家推荐一个老掉牙但绝没过时的理论：10000 小时理论。也就是说，但凡你在某件事上钻研了 10000 小时以上，你一定会毫不费力地成为这个领域的专家。

上个月，我参加了国民励志女作家咪蒙的讲座，受益匪浅。期间，当她被问到“如何在这个功利的世界获得成功”时，咪蒙反复强调了 10000 小时理论。确实，正如著名的钢琴大师赵胤胤所说过的：

当你足够的勤奋之后，你才有资格跟我谈天分。

以上五条建议，送给所有即将走向有趣人生路的毕业生——如果你还在懊恼大学四年潇潇洒洒、浑浑噩噩地过去了，那么你可以打住了，因为现在又到了一个影响你人生的关键路口，特别是毕业后的前三年。

最后，想补充的一点是，你们最大的优势是年轻，年轻意味着一切皆有可能，“王侯将相宁有种乎”的可能。

所以，我们没有理由给自己的人生设限，也不屑于听到人说这个不行那个不好，而是要有“敢教日月换新天”的霸气和革命浪漫主义者的乐观。当然，最重要的还是要脚踏实地地实践和坚持，正如电影《海底总动员 2》里所说的那样：

保持游着就好，保持。

一只价值 18000 元的猫

且壮士不死则已，死即举大名耳，王侯将相宁有种乎？

——司马迁《史记·陈涉世家》

（1）

最近我表妹说，想要养猫。

我说养猫好啊，最适合单身狗了，冬天可以暖被窝，夏天可以逮耗子，吃的不多，又爱干净，完了还可以避邪……赶上你生日，哥心情好，就送你一只呗。

说这话的时候，我是真心想送一只猫给她的。反正表妹生日还远着呢，而且猫这种东西，印象中不贵，不就是几斤鱼的价钱么？要是刚好碰到别人家的母猫生小猫生多了，还恨不得四处找人收养呢。

不过万万没想到的是，在看了表妹在其朋友圈陆续晒出的各种猫照和小视频后，我惊讶地发现，上回说的送猫真是一点儿都不靠谱啊！

盖因她是一个用情专一的妹子，任凭弱水三千，只认准一个品种的猫——美国短毛，别名叫“棕色标准虎斑猫”。此猫可以称得上是血统纯正的贵族，具有性格温和、性情稳定、不嫌贫爱富、不乱哭乱叫等优良品德。

经过简单的网上调查后，我愕然发现这种猫的价格基本都是6000 元起步。刚起步就够我小半辈子的书钱了。原以为只是狗有贵贱之分，没想到猫也不只是黑白肥瘦，真是让我大跌眼镜到无语凝噎呀。

随后，我当机立断地决定，近半年暂时不跟她玩耍了，更不能随便给她的朋友圈点赞了，并努力在朋友圈中树立起工作超忙且生活窘迫的形象……也就是说，当真要躲一回猫猫了。

（3）

两个星期后的某个晚上，月黑风高，夜色撩人，表妹猝不及防地一口气给我发了十几张的猫图和若干个视频，而且看样子都是同一品种的：或躺或坐，或静或跳，可爱优雅，酷萌飒爽，狂野率性。这种来自于地球的美丽生物我算是看在眼里，“咯噔”在心底，心想这下惨了，躲不过去了，要被追猫债啦，几个月不能买新衣裳啦……

就在这时，表妹说出了自打我认识她以来最动听的一句话：快看快看！朕（此女子有点儿宫廷戏迷，素来爱以朕自称）的猫已经订好了。简！直！美！翻！了！

逃过一劫，我按捺住心中喜悦，无比惊讶地问道，什么猫啊？美短么？不像呀！

她说不是啊，原本是想着要美短的，都联系好了猫舍，可就在准备支付宝转账的时候，一个万恶的损友给我发来了一个万恶的视频。视频就是我上面发你的啊，是另一个品种的猫咪，然后我就不可抗拒地被征服了。

接下来的半个多小时，表妹又兴致勃勃地给我普及了一种新的猫的知识体系——我敢拍着胸膛保证，说到猫科动物，我那大学教动物学的教授都没她专业。

这种猫叫作“孟加拉豹猫”，简称豹猫，是一种稀有品种。外貌特征明显，活像一头小号的豹，充满着野性的美，却是一只典型的“纸老虎”，不带有任何的攻击性。

至于价格嘛，如文题所示，一共花了表妹 18000 元大洋，而且还是在磨了一个星期的嘴皮子后才砍到这个价钱（卖家最初报价是 22000 元）。如此强大的消费力，直接让我等一介白领醉了。

由此，我们似乎可以得出以下两个结论：

第一，不要随便答应给人送东西，尤其在别人快生日时，哪怕这个人是你亲妹妹；

第二，表妹虽然贵为天然气质美女一枚，而且还是个典型的富二代和独生女，可这么多年了，还保持着单身，想必是高消费惹的祸。须知道，这样水准的消费，一般的工薪阶层哪支撑得了，可略上年纪的土豪和富二代又不入她的法眼。

除此之外，还有一点才是本文真正想探讨的：在这个社会里，猫跟人一样，有着贵贱之分，也分个三六九等。

（3）

所幸的是，人这种动物，还是可以通过努力去改变命运的（看到这儿，有些悲观的读者可能要忍不住笑了），借助郭德纲曾说过的“三分功力六分运气外加一分贵人协助”来完成命运转变，鲤鱼跳龙门。当然，这里可不包括买彩票。

而猫再怎么样去奋斗和折腾，都不会变种，生下来就尘埃落定了，纯拼爸妈，基因至上，听起来跟以前那个封建社会差不多。

然而，人的命运除了“爱拼才会赢”之外，还跟爬山一样，既可以往上走，也可以往下摔。比如最近纷纷下马的“老虎”高官们，抑或那些敢于吸毒的明星们……上山的时候老不容易了，往下摔可是快得很，一失足成千古恨啊，再回头已是百年身或是别人的头条了。

其实，有关人的三六九等，在当下这个“要成功先发疯”的高速发展和安全感普遍缺失的社会，金钱似乎成了重要的分割线。而金钱这种东西，最容易形成马太效应了，造成的结果就是：贫富的差距越来越大，屌丝逆袭的路途更艰难了，继而形成了等级分明的金字塔。

这一点其实非常好理解，念书的时候，“班花”总能拥有更多的优质男。社会上打拼时，当你为了养家糊口日复一日地重复自己无比厌烦的工作时，无财务负担的朋友早就为自己的梦想而奋斗去了。而如你所知，人要真正去做自己内心热爱的事情，才更容易取得一番成就。

（4）

所幸的是，我们这一代人刚好赶上了互联网 + 时代。所谓的互联网 +, 简单来说就是随着移动互联网的全民普及，互联网渗透到了各个传统行业。

在这样的时代里，人与人之间的阶层鸿沟没有那么深，任何一个有梦想并懂得坚持的人也更容易找到出口，比如说互联网脱口秀《罗辑思维》的罗振宇 , 抑或是《万万没想到》的白客。

当然，除了这些大咖外，还有无数的自由斗士依靠互联网走出了一条属于自己的路。人们无需再去逾越各种鸿沟来攀登貌似高不可攀的金字塔，而是在仙人球上扎一根属于自己的刺出来，而这根刺正是我们一直坚持的梦想——也许，下一个在这个仙人球上扎出刺的人就是你了。

不过话说回来，在这个有着有限地盘的仙人球上，留给我们扎刺的空间还有多少呢？ 一辈子太短，我们又剩多少的时间成为那只价值 18000 元的猫？

对了，最后想补充的一点是，因为妒忌的关系，舍友经常故意不关门窗，表妹的猫最近走丢了——这意味着，这段时间我都要帮她找猫了。

交个男朋友，还是养条 AI 狗

曾经沧海难为水，除却 AI 人工智能不是云。

（1）

据全球知名的人工智能专家李维（David Levy）预测，最晚到 2050 年，人类就可以把机器人当成恋人、性伴侣甚至婚姻配偶。

相信对于绝大多数的朋友来说，都能够见证那一天的到来，而且还可能恰逢我们刚结束一段失败、乏味而且漫长的婚姻，正叹息着“何事秋风悲画扇”，准备重觅良缘，结伴余生。

这时，销售人员就会第一时间跳出来告诉我们：

不再为失恋担忧！
不用再害怕年老无所依了！
现在只要 998！
998 心动价，就可以把 AI 爱人抱回家！

7 天无理由退货，70 年免费保修，全方位定制你的完美爱人……

然而，对于一个宅男、剩女抑或是离异人士来说，我们真的能指望一个 AI（人工智能）爱人吗？

2.

在荣获了奥斯卡最佳原创剧本奖的电影 *Her*（《她》）里，讲了一个中年男子在跟相爱多年的妻子分手后，对生活完全失去了信心，并在经历了几次失败的相亲后，爱上了一个电脑系统里的女声。

当然，这个系统绝不是普通 Windows，而是一个有着高级智慧的系统，能够通过任何在线产品发出声音，随时沟通，分享甚至提供帮助。

她有一个好听的名字，叫萨曼莎，其声音性感风韵（《美国队长》里的黑寡妇斯嘉丽·约翰逊所配，未出一镜仅凭声音就获得土星奖最佳女配角），说话幽默风趣，且善解人意，同时还聪明能干，她甚至可以通过声音让男人到达高潮……就是这样的一个“她”，让孤独的男主陷入到了难以自拔的地步，分不清现实和虚拟。

最无语的是，这个风情万种的萨曼莎还真是一个“浪女”。她同时“勾搭”着 8316 个用户，并与其中的 641 位疯狂热恋着，而我们的主角只是其中的一位。

可想而知，当男主角发现此事之后，内心的大厦是如何瞬间崩塌。

不过话说回来，如果这位 AI 并不是只有声音，而是有着高度模仿人体的漂亮机身，那将会有多少人心甘情愿地沦陷于其中？

其他人不确定，我肯定是第一个沦陷——要知道，我现在几乎离不开微信，更别说这么一个常年不休的完美爱人了。

（3）

前不久，有一个朋友问我，未来十年内什么最热？因为他有一个亲戚刚高考完，正考虑选一个有着远大前（钱）景的专业。

对于未来，我们当然无法预测，但如果非要尝试一下的话，我只好告诉他，十年内，最大的变革很可能是 VR（虚拟现实）市场。

而比这个更具颠覆性的变革，则可能是今天我们所讲到的人工智能 AI。

在《必然》一书里，凯文·凯利跟我们阐述了对未来预测的十二个关键词，其中第二个就是“知化”，即人工智能的涌现。

值得一提的是，现在越来越多的人，开始对 Robot Psychology（机器人心理学）感兴趣，因为这门科学有着非常广阔的前景。

毫无疑问，在能看得到的将来，人类在处理跟机器人的关系时，一定会发生各种各样的心理问题，甚至引发抑郁症或精神病也很正常。

当然，就目前来说，一切都还比较遥远。特别在国内，别说跟机器人，就算是跟人类，关系出现问题时，我们都不愿意跑到一个按小时收费的陌生人那里解决。

（4）

在《欢乐喜剧人》节目里，其中有一场非常关键的竞演，开心麻花团队选了一个很有意思的主题，赢得了全场尖叫。

节目的主角是一个宅男，因遭爸妈逼婚，无奈之下，只好找了一个 AI 女友回家。

一开始还好好的，大家相处甚欢，但随着婆媳矛盾的升级，机器人女友便无法应对了，然后就短路了。

父母随即大怒，让儿子立即把 AI 女友扔掉。可没想到的是，宅男没有扔掉女友，而是怒吼道，就是因为你们是机器人，我才找了个机器人女友。我怕……我怕找个真人女友，她会嫌弃你们!

原来小时候，宅男的父母惨遭车祸，不幸遇难，留下宅男一人，无人照顾。相关爱心机构知道后，就给他安排了两个机器人，重新组建了一个幸福的三口之家……

这则小品虽说是以喜剧为主，但表达的主题却深刻宏大。因为除了可以替代身边的爱人之外，AI 居然还可以替代其他的家庭成员，比如说父母和儿女。

只是，如果那一天真的到来，将会引发什么样的伦理问题实在是难以预料。由此可见，机器人心理学前景确实一片光明。

（5）

当然，除了灵魂伴侣、亲朋好友之外，AI 还可以替代我们去工作，解放我们的劳动力，让我们可以“偷得浮生半日闲”。

不过，悲观点儿去看，也有可能让我们彻底失去饭碗。

像那些在工厂里的机械式劳动，自然不必多说，机器人正不断地抢夺着人类的饭碗。据说，现在一个机器人至少可以替代九个工人。前不久还曝出新闻，以东莞为代表的珠三角地界的工厂已开始大规模地开展机器换人计划了。其中，前几年曾屡屡爆出跳楼新闻的富士康，早就喊出要用三年的时间引进一百万台机器人，以替换掉效率相对低下而且随时可能抑郁的工人……

另外，如果我告诉大家，像司机、律师这样的智力型职业也正在被替代，你肯定不信吧，但事实上它正在美国发生。而无人驾驶汽车的到来，又会引来多大的变革呢？还是那句话，难以预料，但“狼”真的来了。

《罗辑思维》节目的创始人罗振宇曾说过，对人类来说，面对汹涌来袭的 AI，我们有两条路可走，简单来理解，就是“文理科”两条路：

一条是理科道路，人类为机器人服务，即不断地完善个人的知识架构，然后汇入整个 AI 大脑里；另一种则是文科思维，创造性地工作，比如说音乐、写作等等，让机器人辅助人类工作。

显然第二种的不可替代性更高。毕竟，每个人都希望“AI 爱人”为自己服务，而不是反过来。

然而，如何才能在接下来的 AI 浪潮中成功突围呢？本人的拙见是：

第一，从重复而单一的机械式劳动过渡到注重创新的个性化工作。

第二，从单纯的追求效率，过渡到追求一件事情的趣味性。

第三，从“占山为王”和“闭关锁国”，过渡到“彼此合作和连接一切”的思维。

总而言之，与其被动地在浪潮中侥幸求生，不如主动地拥抱并寻求变化，做一个时代的弄潮儿。正如三星集团最著名的一句话：“除了老婆孩子，一切都要变。”

只是，在这一切风潮来临之前，不管是相濡以沫的爱人，还是赖以为生的工作，抑或是虚无渺茫但从未放弃的梦想，我们是否准备好了迎接这个亦敌亦友的家伙？

比“努力学习”更重要的是“学会学习”

无论是多么辛苦的一件事，只要它符合自身性格特点，我们就能长久地坚持下去。

——村上春树

（1）

众所周知，有这么一句俗语：“早起的鸟儿有虫吃。”意思是说，人得勤快些，赶早儿起来，大脑比较灵光，长知识也快，学习效率自然会更高。

但问题是，喜欢早起的除了鸟儿，还有一些勤快的猎人。也就是说，早起的鸟儿也有可能死得更快。

而且真正的问题是，也许我真的不喜欢、不乐意、不习惯早起呢。我就是喜欢晚上挑灯夜读、深夜背单词，不行么？

当然行。

正如每个人都有着独特的性格一样，我们也应该有适合自己的学习方法，而且没有人会比你更了解自己。

当然，朋友给的建议、老师给的教诲，以及父母给的“老人言”，我们都可以去听去尝试，但最终实践出来的学习方法还是得靠自己。

你知道彼得·德鲁克的字典里，没有“退休”两个字，而且到了 95 岁仍在寻找新的学习主题吗？

你知道斯蒂芬·金与外界隔绝，只为了坚持每天写 2000 字吗？

你知道夏目漱石化忧郁为力量，优先个人想法，继而开创了日本文学新纪元吗？

而大作家歌德却喜欢限制自己只做一件事，比如说他精通多门语言，却只用德语写作，你又知道吗？
……

其实上面的四个疑问分别代表着四种截然不同的学习方法，它们分别是：目标管理学习法、外界屏蔽学习法、个人主义学习法和限定自我学习法。

正因为他们了解自己的习性，找到并坚持了适合自己的方法，继而成就了一番伟大的事业。

（2）

诚然，正如哲学家罗素所言，参差不齐乃是幸福的本源，伟大的事业也不是每个人都想追求的，但成长和学习，却没有人能够拒绝。

所以说，一个人活在世界上，但凡有了独立意识后，一定得好好地照照镜子，摸摸习性和问问内心，先把自己搞明白。正因为认识好了自己，知道了自己的“三把斧”和“任督二脉”，我们才能真正找到适合自己的学习方法，从而实现高效成长的目的。

对此，在《学会学习》一书中，作者提道：

我们使用的方法是否合适自己的性格，是在学习过程中很容易被我们忽略的问题。

也就是说，只要在学习中认清自己的武器，配合自己的节奏，并用自己喜欢的方式加以利用，就能发现学习的有趣之处，而不是总在脑海中浮现出“头悬梁锥刺股”的画面。比如说容易找借口的人，就得学学斯蒂芬·金的“外界屏蔽学习法”；叛逆心强的人，则可以了解香奈儿女神的“对镜观察法”；而对于那些学历一般，甚至会感到自卑的朋友，本田宗一郎的“不请自来学习法”则是你需要的了。

（3）

熟悉村上春树的朋友都知道，这位来自岛国的著名作家非常喜欢锻炼身体，尤其是跑马拉松，他曾这样写道：

从小学到大学，除去少数例外，我对学校强制学习的东西基本上毫无兴趣。我是在离开正规的教育系统，也就是走入社会后，才开始对学习产生兴趣的。我发觉如果配合自己的节奏，用自己喜欢的方式学习自己感兴趣的领域，就能高效地掌握知识和技术，比如说翻译技巧，我就是用自己的方式，自掏腰包一点点学会的。

对此，我个人也有着强烈的感触。

其实从大学开始，我就非常喜欢弹吉他，去过教学班，请教过前辈，吉他也买过几把，甚至还想过找个吉他兴趣班的老师当女友。可遗憾的是，直到毕业多年我都没学会几首曲子。

因为前辈们总是语重心长地告诉我：要想学好吉他，就必须掌握好基本的音阶知识，并要从最基础的和弦开始练起。

对此，我可没那么多耐心。特别是和弦，反复地练，手指都练出厚茧了，还没学会几首曲子，完全没有成就感。

不过最近几年，我的吉他水平却产生了重大突破——我已经学会不下九首曲子了，而且还非常乐意继续学下去。

这都是因为，我直接绕开了和弦，从曲子单刀直入，争取拿下那种单音节便可成曲的曲子，比如说改编版的披头士的 *Yesterday*《昨日》。而当我发现自己能够“一曲肝肠断”了，就会非常开心，然后更有兴趣地挑战下一首歌。

这其实有点像是《学会学习》一书里所分享的学大提琴的经历，作者斋藤孝还把这种学习方法取名叫“快乐就好”。

当然，以上方法仅适合业余选手，像我这样只为了掌握一门乐器自娱自乐的朋友。而对于那些专业的并想以此为职业的人来说，不在此讨论范畴。

（4）

现在社会上有很多补习班，他们都习惯于“大锅饭”教学，很少针对孩子的个性进行有针对性的培养，有时甚至还会无情地打压。这就只能靠父母去挖掘和引导了，让孩子们认识到，真正有效的学习方法是这样的：

第一，明确自己的学习目的，到底是想掌握一技之长来陶冶情操泡妞猎艳，还是想作为行走江湖的招牌手艺；
第二，因地制宜，对症下药，找到适合自己性格特点的方法——你也可以理解为是套路；
第三，掌握好学习的关键点，然后撒欢儿似的全力奔跑吧。

正所谓“博观而约取，厚积而薄发”，学习是一辈子的事情。相信读了本文的朋友，一定会找到适合自己的方法，回归学习本身所该有的乐趣，从而真正地奔跑在追逐梦想的高速路上。

谁动了我的奶酪？

天之道，损有余而补不足。人之道则不然，损不足以奉有余。

——老子《道德经》

不知不觉，四季又欢快地走过了一圈，年关将至，多少欢喜多少忧。

记得从前有只羊，每天干 8 小时的活。有一天主人告诉它：多干活有奖励。于是羊发愤图强，每天干 10 小时。
转眼就到年底了，主人把从它身上多剪下来的 1/3 羊毛给它织了件毛衣，然后告诉它："呐，这是你的奖励，明年继续努力啊！"
羊很开心，把它的故事写成童话。

如你所知，这个童话的名字叫作"羊毛出在羊身上"。但我要告诉你，这个童话的真正名字叫作"年终奖"。

刚说到这儿，可能有的朋友会立马白眼一翻，嘴角一撇地说道：老哥，我们没有年终奖啊，你这文章我实在读不下去了，一下子整个人都不好了。

要我说，你要真是不好了，更应该将本文读下去。老哥就算不能保证你心情会大好起来，起码不会差到哪儿去。

不过话说回来，你要是因此放弃了睡懒觉、搓麻将或轧马路的时间，一字不落地读完了本文，发现还是上了当，心底隐隐升起了一种想骂人的冲动，那不能怨世道炎凉、人心不古，居然连如此真诚的读者都敢骗，只能说是本人的文笔才情有待加强而已。

相信大多数的朋友跟我一样，收压岁钱的时代已经久远到跟初恋的模样一样模糊不清了——不过据我了解，本文的读者里还是有在收压岁钱的。对他们来说，年终奖是遥远而让人兴奋的事情，就像是中学生眼中的大学生活一样。而对于我们这种职场俏佳人来说，年终奖就是我们曾经无比期待的压岁钱了。

年终奖就像是北大校花、小鲜肉、男神等一样，先天就是让人蠢蠢欲动的字眼。作为对过去一年来工作的认可和鞭策，这玩意可谓是古今中外都有。早到东汉时期（也就是神医华佗和蔡伦所在的时代），一到腊月，要是没有外敌入侵或内臣篡位的话，皇帝就会喜气洋洋地张罗着给文武百官发年终奖了。

不过话说回来，也就是京官能享受到皇帝的恩赐而已，地方官到了年底还是得发挥主观能动性，自己拼命想办法。具体方式一般有两种：

第一，放高利贷，这个很好理解。

第二，动用公款做生意赚的钱，比如说晚唐的军阀、五代十国的将军、宋代的王爷、明清两代的京官，很多人从事房地产开发。像宋代名将岳飞，在江西九江和浙江杭州都经营过房地产。所以说，政商有时不分家也是有历史渊源的。

当宝马和辣条（老板声称食物中的“劳斯莱斯”）的年终奖同时放在一起比较，当保时捷卡宴跟银杏树苗（老板声称如果培养得好，二十年后价值百万元）出现在两家相邻的公司……也正是在公众、媒体及机构通力合作下，绘制了一幅以年终奖为主题的“浮世绘”，折射出了一种所谓“社会财富分配严重失衡”的现状。

说到财富分配严重失衡，恐怕不少朋友会恨不得立马用脑袋点32个赞，然后再义愤填膺的用口舌转发32次。同时，脑海中也会蹦出“朱门酒肉臭，路有冻死骨”或“杨白劳跟黄世仁”的画面。

可是社会财富到底需要怎样去分配？什么样才算是财富悬殊呢？贫富悬殊过大之后，社会是否会发生动荡？是中间粗两边细的橄榄型社会结构还是上面尖下面大的金字塔式社会结构利于社会的发展和稳定呢？

以上的每个问题，恐怕都足以让一个认真学习的经济学硕士当作毕业课题去研究大半年。我作为一个自由主义者，舞文弄墨的，恐怕只能从基本的人文角度去思考。

“马太效应”大家应该都听说过吧。简单来说，就是马家的二太太，爱上了马家的马夫，然后太太越爱这个马夫，马夫的年终奖就越多，然后带马太太私奔的可能性就越小——当然，这纯粹是胡扯。真正的解释是这样的：工资本来就高的朋友，年终奖也越多。而本身工资低到只够交房租的朋友，年终奖肯定也是趋向于无。

这种效应其实是出自《圣经·新约·马太福音》里的一则寓言：凡有的，还要加给他叫他多余；没有的，连他所有的也要夺过来。也就是说，它俨然跟中国儒家一直推崇的“平衡之道”相悖，与“二八法则”类似，是一条十分重要的自然法则。想当年，老子就曾提出类似的思想：“天之道，损有余而补不足。人之道则不然，损不足以奉有余。”

跟“马太效应”一样，相信很多朋友都清楚什么是“二八法则”。举一个大家都懂的例子，念书的时候，班花肯定像沈佳宜一样，都是众星捧月的对象，手握众多的优质暖男和备胎。至于那些颜值较弱的腐女或女汉子，只能够争取有限的落单男了。

对此，大家虽然心有不甘，但总体来说，心里还是认同的。可为何到了社会后，站在生活的浪潮中，就如此地嫉富为敌呢？

我有个朋友，是一家公司的老板。他上周三的生活是这样的：一大清早就约了一个生意上的伙伴，去朋友家开的鱼塘钓鱼，钓鱼（润滑伙伴关系）完了之后就开着他的宝马 X5，去了一家汽车 4S 店，做了保养维护。4S 店有很多黑心的维修工，需要警惕各种可能导致轻辄高速抛锚重则车毁人亡的捞钱手段，但他一点儿不担心，因为这个 4S 店就是他一个好友开的。

下午，午觉睡醒就去采购新房子的智能家居电子系统，这套系统在市场上的价值起码要 5 ~ 6 万，可他在一个会员朋友那里买（他们都是当地某个高端商务联盟的成员），只需 1 万多，而且还售后无忧。

搞定之后，已经快 5 点了，他马上开车去学校接娃。爱娃所读的学校是市里最好的学校，学生名额非常紧张，但对他来说，只是一个跟校友吃饭再送上一点儿心意的事情。

如果说让我去办以上这些事，肯定要碰一鼻子的灰，没准儿一个也办不成……举这个例子，是想说明一个道理，富人手上的资源越多，就越会整合优质的资源为自己服务，从此变得更优质。跟这样的越来越富的富人相比较，那些因为贫穷而资源不多的朋友，差距是不是越来越大呢？

说到财富差距，很多人都会第一时间想到，悬殊一大，社会就不稳定啊，底层的百姓就会出来闹事啊，甚至被某些有号召力的领袖团结起来为非作歹啊——其实这是一个伪命题。

当年为啥邓爷爷要极力主张让一部分人先富起来，并且确实也让深圳一部分人一夜之间富了起来，是希望通过这种合理的差距，来真正激活市场，全面提高人民的生活水平。只是需要注意的是，“马太效应”和“二八法则”如何跟“公平效应”相结合。

当“杂交水稻之父”袁隆平透露家中有七辆车时，社会评价一致正向，就是因为这真正体现了按劳分配的公平原则，实现了市场经济“教育投入与财富产出”的相关法则。

但如果是某些房地产开发商，或是金融大鳄，通过非正常的手段获得大量财富，那肯定会让老百姓颇有不满（我肯定第一时间不乐意），继而造成不和谐的风气。

不过话说回来，在获取财富的路上，当下这社会是否给了那些底层的人机会呢？换句话来说，中国人还有穷人翻身的中国梦吗？关于这一点，我们还是可以尽可能地乐观些。

一方面，据专家分析，社会财富如果按自由经济的发展趋势，每过一定年限就会有一种财富分配的机会；另一方面，随着移动互联网的深化，我们也越来越容易通过自己的手艺来实现人生突围。

所以，到底是谁动了我的奶酪？看起来像是唯利是图的老板，但其实不然。因为从本质上来说，**每个人的市场价值，都不应**

该由年终来体现，也不该由老板来衡量，而是应该放在市场上去判定。

也就是说，真正值得我们拼杀的江湖，不再是公司的一亩三分地，而是写字楼外汪洋大海般的市场。

做一个“U 盘化生存”的手艺人

天行健，君子以自强不息；地势坤，君子以厚德载物。

——《周易》

简单跟大家聊聊 U 盘。

当然，如你所知，这里要讲的 U 盘并不是那种 16G 存储介质，也不是当年韩寒转送给方舟子的寓意深远的外壳镀金 U,SB……而是一种充满着现代智慧的生存方式。

这种方式有一个专有名词，叫作“U 盘化生存”。它是著名互联网知识脱口秀节目《罗辑思维》向“80 后”朋友提供的一个生存困境解决方案。

总结起来，就是十六个字：“**自带信息，不装系统，随时插拔，自由协作。**”

说到这套方案，还得追溯到《罗辑思维》创始人罗振宇的一次公开演讲。

记得有一回，罗振宇被邀请到某知名大学给应届毕业生讲课。
期间，他随机做了一个调查，说大四啦，咱们班同学谁找着工作了。
然后，现场有一堆人举手。
他又问，都加入什么样的组织了。
同学们有说考公务员的，有说进入大公司的，也有说去银行或学校的。
罗振宇说，你们这些找着工作的，还真别看不起那些到现在还没找着工作的同学，没准 10 年或 20 年之后，你们混得还不如当时那个没找着工作的人好。
大家都乐了，说这算不算是心理安慰。
罗振宇意味深长地笑了笑，说其实还真不是这样。为什么呢？因为在当下这个时代，以一个独立的手艺人方式存活，往往比加入组织要好得多。
……

以上便是 U 盘化生存方案的出处，对演讲感兴趣的朋友，可以自己上网找视频来看看，绝对受益匪浅。碍于篇幅关系，本文就不再赘述了。

其实作为一个纯正的“80 后”，我觉得这个生存法则同样适用于“90 后”“00 后”。它不该束缚于某个年代，它是“80 后”这代人最需要掌握的技能，因为这代人活在“70 后”和“90 后”的夹缝中。

环顾四周，如今大多数人（也包括本人）的生存方式，更像是一个“读卡器”。同样用十六个字来总结就是：“寄托主机，内容缺失，疲于传递，随时替代。”

然而，“U 盘化生存”到底能给我们带来什么样的魅力呢？简单来说，一是安全感的建立，二是给成功突围提供了可能。

其实早在畅销书《高效能人士的七个习惯》一书中，就详细地说到一个习惯：依赖和独立。具体来说就是先要学会依赖，后学会独立，最后实现依赖和独立的并存。

“U 盘化生存”其实还有一个核心，那就是手艺人精神。也就是说，你需要具备一种相对独立的手艺，一种可以放在市场上衡量的价值输出。这种价值的检验标准是市场，而不是某个作为个体存在的或者因为一个眼色或是一个女下属就不喜欢你的老板。

正是这种手艺人的精神，使得越来越多的自媒体或成功的小公司涌现。

当然，在过去，要实现“U 盘化生存”的可能性不大，需要付出的代价也很高。可如你所知，现在是互联网时代，权力不再过度集中，资源难以随意垄断，人与人之间可以随时无缝沟通，手艺人也可以借助互联网这个放大镜，迅速放大能量，铸就自己的自由 U 盘。

另外，做 U 盘式的手艺人，还有一个最大的好处，就是历史往往记住的不是他的组织身份，而是一个人的手艺，比如提到李白、苏轼，我们第一时间想到的是大诗人，而不是什么工部员外郎。

在电影《超体》中，露西的大脑经过 100% 的自我进化后，居然变成了一个万能的黑色 U 盘。

或许，这正是智慧的人类朋友应该考虑的事情。正所谓 U 盘虽小，能量俱全，即便哪天一不小心中毒了，只要快速格式化，就可以再次带上初心，重新上路，继续征战于梦想的征途上。

睡着把钱赚了

薄酒可与忘忧，丑妇可与白头，徐行不必驷马，称身不必狐裘。

——黄庭坚《薄薄酒二章》

遥想当年，念大学的时候，躲在图书馆里看书，看到冯唐说他可以用一页 A4 纸换来上万元的人民币，却依旧在写着不太赚钱的文字，顿时让我心生景仰，五体投地。当然不是因为他对文字的执着和热爱，而是那份用白纸换金子的自由。

后来进入社会，在工作中沉浮，深知生活艰难，捞金不易。跟我一起住的是一个来自北方的“小娘炮”，一度也生活窘迫到交不起房租。

记得有一天晚上，他异常兴奋地回来，刚进屋便振臂大呼，老子发达了！

我心想这厮不会是误入传销窝点了吧。

只见他扬起手中的一幅画说，呐！你看这是啥？

我不解地摇头道，不就是一幅破画么，哪个地铁口淘的？

他大笑一声，说并不是，这画是下午去亲戚家做客，大画家送的，而且还是现场磨砚作画，如假包换的真迹，价值起码上万元。

朋友的话如同一道惊雷，把见识短浅的我震得哑口无言，羡慕妒忌，没想到天底下居然有这般快意的捞金法子，真是让人叹为观止啊。

再后来，微信流行了，公众号也泛滥了。有些作家只需要在公众号写个小短文或小鸡汤，名气也不过般般（当然比我好），文笔也不过尔尔（不排除有文人相轻的嫌疑），也能获个少则几百，多则上千的赞赏，倘若在页面下放个小广告，则更是赚得不亦乐乎……

以上三个场景，虽发生于不同的时间点，却描绘了同样一个情形——轻松自由地获得相对丰厚的收入。

今天，我们就来简单探讨一下，如何自由地进行个人物质文明建设？如何在朝九晚五的日子中成功突围，寻找那棵只有自己才摇得动的摇钱树？

众所周知，一直以来，“自由”与“赚钱”之间，似乎都有着一种类似婆媳之间的关系，很难和平共处。起码对绝大多数的朋友来说，两者就像是猫狗一样，平日里不打架已经阿弥陀佛了，更别说扎堆在一起愉快玩耍。

本人就是一个典型的例子，每天上下班在地铁里被挤成面瘫的时候，想着明天一定得开车。但每次开车塞在路上如蜗牛般前行而且还得咬着牙交那 16 元 / 小时的天价停车费时，想着明年一定得找个可避开高峰期出行的工作……总之，离自由赚钱的路还远着呢。

对我来说，自由赚钱的标准就是，哪怕某天突然发神经了，啥也不想干了，睡上那么大半个月，也有收入去维持目前的生活水平——当然吃库存或拼爹妈的不在此讨论范畴。

就拿 2015 年来说吧，本人的收入主要是去各大微信群抢红包（开个玩笑），其次还包括以下四个方面：工资、版税、稿费和投资理财等。看似四分天下的感觉，但一点儿都不均衡。工资就像过去大户人家的大房一样，占了总收入的 90% 以上，剩下的三个则像是姨太太一般，完全没有任何地位。也就是说，如果哪天我突然不想干了，生活质量起码得打折一大半。如你所料，要想改变这种不均衡的现象，办法只有一个，努力提高后面三块的收入，毕竟我还是爱她们几个多些的嘛。

当然还有一个办法，改变朝九晚五的生涯，换成自由工作的范儿。

说实话，这事儿我也折腾过，不过时间得追溯到 5 年前了。记得当时，本人的收入架构还比较简单，就是工资和稿费。后来受不了工作日天天准时打卡的赶点生涯（那时我混的那破公司还是上六天班的），毅然选择了看似自由的创业之路，做的是皮具生意，渠道则是以当时最火的线上为主。

所谓的线上，顾名思义就是一天到晚盯着电脑，连接着这个江湖，生怕一走开就错过几百万的订单（其实当时一个月也就是一万多元利润而已），心想马总行行好，赶紧整个手机版的沟通软件，以解放我的臀部，后来果然出现手机旺旺了。这下好了，毅然决然地进化成了中国最早的一批“低头族”，吃饭、睡觉、上厕所、逛街甚至踢球几乎都机不离手，生怕一眨眼的工夫就没了万千商机。

再后来，生意终于破了万元槛，于是决定出去旅游好好放松下，以缓解前期积累的疲惫。结果没想到的是，整个行程都是陪着更疲惫的手机在放松。真是见了鬼了，生意似乎在我离开的时候突然变好。

正是如此，这段看似自由的捞金生涯，其实毫无自由可言。

目前，市场上有很多自由的行当，比如说模特、夜店公主、网红主播、专业写手等等。前阵子因为学英语，还认识了这么一个有意思的行当：跨国英语老师。他们可以一边在家里带宝宝，一边跟其他友邦人士聊天，按小时收费，而且从业者有70%以上来自泰国。

必须承认，以上这些谋生方式比朝九晚五要自由得多，但也有个弊端，那就是前景叵测，而且很多还是青春饭，一直潇洒地走在人生的下坡路上。

此外，从严格意义上来说，这只能算是自由挣钱，并非自由赚钱。所谓的挣钱和赚钱到底有何区别？顾名思义，前者是用手去争取，后者是贝兼着贝，也就是用钱来生钱，用工具或系统去自动获得收入。

前阵子，滴滴专车似乎非常火，动辄让司机获得上万的收入，确实让人咋舌。但如果一深入了解，就会发现，他们有着太多的束缚，比如得一天到晚待在车里，最火的也就是两个高峰而已，总体算下来时薪非常低，而且走在繁华的大马路上，盯着手机的时间长了，发生亲密接触的概率也大了，稍有闪失一个月就白干了。

有关这一点，让我们听听著名的财经专家吴晓波的建议，他说要想自由地赚钱，就必须找到自己的赚钱系统。打个比方说，有的健身教练建立了自己的 App，里面提供很多免费的健身课程，不过有些专业的内容就只有收费才能看了。

当然，说的永远比做的容易。即便像文章开头所举的那个例子，背后也有些难言的故事。

首先是所谓的 A4 纸换金子，确实是自由地把钱赚，但其实这是一种高难度、高技术含量的战略咨询工作，需要的是海量的没日没夜的工作（冯唐做麦肯锡那阵子基本就没在两点前睡过），是各种资料的收集梳理规划总结，然后才浓缩出来的所谓的一张纸。

而我当年舍友的那个远房亲戚，虽说确实画工了得，但早年画废了多少苍茫岁月不说，直到年过半百以后的一次偶然的机会才成名，如今已经近乎古稀之年了。而且最让人无语的是，因为自己的功成名就，家里的两个儿子和一个女儿几乎不务任何正业，也没能继承衣钵，而且败家一流，成天没事做就跑去老爷子那儿要画。暗地里，更是盼着老头子早日归去，手里的画就更值钱了。

最后，所谓的公众号大咖，其实很多功夫都是在诗之外的积累，比如在凤凰网担任客户端主笔的王路，或是曾经在博客时代写废了多少寂寞风月的和菜头……只有通过那样的努力和平台帮忙之后，才能换成今日的突围，如同那些在黑暗中破土而出的种子。

自由赚钱的终极目的只有一个：实现所谓的财务自由。但如你所知，对于那些一无背景、二无财团的无产阶级来说，真是路漫漫其修远兮啊！不过总的来说，笔者认为可以从以下几点入手：

第一，你必须找到一份工作，并且在可以挑的前提下，尽量在自己喜欢（起码不深恶痛绝）的领域去找，并逐渐打怪升级，形成自己的专业壁垒。此乃稳定收入来源，也可以理解为第一桶金。

第二，在有了稳定收入来源之后，想办法建立起一个赚钱系统。而且一定要记得，正如在晴天的时候修屋顶一样，不要等收支严重失衡甚至三餐难保障的时候再琢磨这事。

另外，在建立这个系统前，要记得几个简单的原则：尽量用钱生钱，要有互联网思维及借助人脉的力量。

第三，如果你从事的工作刚好是你内心热爱的，符合你对未来自己的期望，那么恭喜你，你可以撸起袖子全身心地干，不管为老板忙活，还是自己当老板。但如果不是，参考下一点。

第四，倘若你还有另一个兴趣点，比如说写作、画画或唱歌，要我说，这种事儿，可千万别在你家徒四壁的时候干（你要真心想学《月亮和六便士》里的思特里克兰德也行），换句话来说，不要为了赚钱去做这些事儿，而应该有一颗死磕到底为作品的匠心。

记得马云曾说过这么一句话：赚钱永远不该成为目的，而是结果。其实这句话理解起来很简单，正如泡妞不应该是我们恋爱的目的，我们的目的应该是拥有一段长久的相濡以沫的关系，甚至组建一个幸福的家庭。

冯唐也写过一篇文章，名叫《挣多少算够》，大体也诠释了挣钱的意义。其实对笔者而言，一个人哪怕是一顿吃八个包子的大胃王，真正需要的物质也不多，更多是需要“比别人多”而已。

所以，不管是睡着挣钱还是站着赚钱，都是我们追求某件事、某种生活或是某个理想的过程中自然而然的结果。须知“薄酒可与忘忧，丑妇可与白头，徐行不必驷马，称身不必狐裘”。

你不是不够努力，你只是不会讲故事而已

我们无法通过智力去影响别人，情感却能做到这一点。

——亚里士多德

（1）

小时候，我们都爱听故事，哪怕这个故事是“从前有座山，山上有座庙，庙里有个老和尚……”这样可无限循环下去的无聊到爆的烂梗。

由此可见，“爱听故事”就好比君子好色、女子爱花一样，都属于人类的天性，根植于脑海，深埋于心智，就算是我们长大了，也难以改变。

在工作和生活中，不管是大到职场面试升迁演讲，还是追寻姑娘及人生梦想，抑或是小到教育家中的王子公主，或是去菜市场跟大妈讨价还价……我们可能都会发现，即便很努力去做一件事，可还是不成功，有时可能还会离目标差之甚远。

背后的原因，可能会有很多：命、运、时势、人和技艺……但也可能只有一个，那就是：我们还不太会讲故事而已。

（2）

《认同感：用故事包装事实的艺术》的封面上，引用了著名作家丹尼尔·平克的一句话："讲故事将会成为21世纪最应具备的基本技能之一。"

也就是说，会不会讲故事，或者故事讲得好不好，将会直接影响到我们的社会竞争力。这一点，估计创业的朋友最有感触了，因为业内早就有这么一句金句："创业成败，取决于你会不会讲故事。"故事讲得好，才能打动风投给你掏腰包，方能打动顾客为你解行囊。

对于外界来说，每一个社会人都是一个品牌、一张名片……只有掌握了讲故事的技能，才能更好地传递你的思想。

当然，故事是手段，真正的目的是建立起信任，并在品牌和潜在受众之间"拉帮结派"，形成联盟，从而最终构建起彼此之间发自内心的认同感。正如《认同感：用故事包装事实的艺术》里所强调的那样：

故事最重要的目的不是告诉，而是引导我们去思考，所以才是影响与说服的最佳工具。

（3）

DC 漫画（Detective Comics 是美国与漫威漫画公司齐名的漫画巨头）改编的一系列电影深受世界影迷们的喜爱，如电影《蝙蝠侠大战超人：正义黎明》。

可是为啥我们喜欢超级英雄的故事呢？

其实这个问题从本质上去看，与其说是超级英雄，倒不如说是 DC 漫画公司的品牌，超级英雄们不过是服务于该品牌的原型人物而已。

有关这一点，在《认同感：用故事包装事实的艺术》一书里也曾系统地谈道：一个品牌应该如何挖掘出一个有生命力的原型，并通过故事进行包装，从而提升自身的影响力和顾客的认同感（电影的话则是观众的认同感）。

也就是说，最好的故事从不教人新东西。相反，最好的故事认同读者的想法，使每个读者感觉到他们的想法是聪明的、可信的，还会提醒读者他们是最正确的。

其实在 DC 英雄的故事里，也是一样的。看似炫酷的超级大片，并没有教会我们什么新玩意，只是传递了那些我们早就知道的普世品质：正直、勇敢、愿意奉献等等。

总的来说，DC 系列之所以长盛不衰，在于它理解了故事的本质，并讲得一手好故事。正如同肯德尔·海文在《认同感：用故事包装事实的艺术》中所说的：

故事是关于主人公战胜困难，实现伟大目标的描述。

（4）

作为一家全球知名的创意分享机构，TED（它是英文 technology,entertazhment,design 三个单词的首字母缩写）大会的形式很简单，就是召开大会，邀请某些精英进行十几分钟（一般是 5 ~ 20 分钟）的演讲。

被邀请的精英，有的可能一辈子藏在实验室里，专研科学，从未讲过课，更别说对着这么一群黑压压的人（上过台的朋友都知道难度有多大）。但不管什么样的宅男腐女科技狂，经过 TED 的短期培训后，都能够应对自如，并像一个职场老油条一样，呈现出不错的演讲。

其中的奥秘到底是什么？

正是“故事”的魅力。

在演讲前的培训课程里，TED 的重点就是教会他们“如何讲好一个故事”，而不是对着屏幕念早已背熟的 PPT。

也正是因为有了故事这一载体，再高深的理论（什么大爆炸什么薛定谔之猫啊等等），通过 10 分钟左右的故事作为线索和外套，都能够轻松地呈现。

总而言之，故事之所以容易被人接受，并长期记住，很大程度是因为人们更喜欢自己发掘观点，而不是被告知。一如哲学家汉娜·阿伦特所强调的：“故事揭示内涵，但从不会指明内涵。”

当然，讲故事的方法有很多，比如说阶梯式展开，描述你的敌人，找一个榜样人物，等等。有兴趣的朋友可以去亲测。

最后，再给大家举个例子，有关故事的作用，大家可以比较一下，看哪个版本的安慰对我的朋友更有帮助。

假设我有个朋友，刚做生意失败了，女朋友也跟人跑了，买的股票更是拦腰跌了一半，再加上去医院检查时发现肝脏有问题需要住院动刀。

这时候，作为朋友的我，肯定得想办法安慰他吧（要不然他准自杀去了），一个办法是劝他不要太难过，人总有高潮低谷，否极泰来嘛，要对明天有希望，千万别想不开啊。

另一个办法是给他讲一个简单的故事，说从前有两头狼，一头叫希望，一头叫绝望，它们都很凶猛，可是因为太久没吃东西，如今饿得连站起来的力气都没了。

问：如果这两头狼打架，你觉得哪一头会赢呢?

答：看你喂的是哪头。

. . . . P A R T 3

梦想 DREAM

愿你出走半生，归来仍是少年

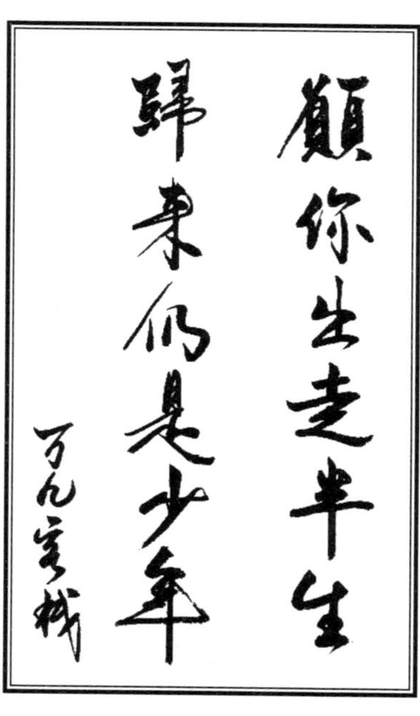
願你出走半生
歸來仍是少年
万九宏棫

愿你出走半生，归来仍是少年

京洛雪浅，阡陌千灯，恍然一梦，长歌命中。

——《秦时明月》

（1）

在法国作家安托万·德·圣－埃克苏佩里的著作《小王子》里，写着这么一句话：“每一个大人，都曾经是孩子，但很少有人记得这一点。”

确实，繁杂万千，世事浮沉，成年后的我们，或多或少地背负着难以化解的伤痛，要不就是被俗世的烦恼缠身。所以，别说是天真无邪的孩子，就算是花季雨季的少年，也不大有人记得了。

当然，这里所谓的少年，指的并非是荷尔蒙分泌过旺的“杀马特”青年，也不是长年累月穿梭在游戏室和网吧的懵懂娃儿，而是那个穿着白衬衫骑行在阳光下的追风之子，或是穿着花裙子在月色下翩然起舞的俏皮姑娘……

莽莽人生路走来，不管经历过多少钩心斗角的洗礼，遭遇过多少刀光剑影的厮杀，他们的内心，依旧是那么的清澈、赤诚，一如当年那出走前的模样。

（2）

里约奥运会首先刷爆微信群的，不是中国国家队的奖牌数，而是傅同学夸张而搞笑的表情包。

从她口中的“洪荒之力”和“我很满意”，我们很容易发现，这是一个真性情的姑娘。无论经历了多少磨砺，去了多远的远方，仍然保留着一份赤诚之心。

当然，这样的“少年情怀”跟“神经粗大”有着本质的区别。一种是阅尽世事后的从容，在内心深处，始终保有一部分纯真，不被这个世界改变。一种是天然的大大咧咧，直率而没有心机，韩剧中的很多女主，就是靠这种性格，赢得了霸道总裁的爱。

在小说《铁皮鼓》里，有一个叫作奥斯卡的孩子，因为目睹了成人世界的虚伪和丑陋（包括母亲的不忠），从而拒绝长大，整天敲着个铁皮鼓，晃来晃去，以自己的固执，跟这个社会抗争着。

来自永无岛的彼得·潘也是一样，为了脱离成人世界的狡诈与复杂，他决定以最自然纯真的方式生活，并且还学会了飞翔，拒绝长大，敢于冒险，永远快乐地飞来飞去。

然而，不管是奥斯卡还是彼得·潘，都不是本文所指的少年。这里所指的少年一不避世，二不念陶渊明，三不畏惧长大，而是勇于承担自己的责任，乐于扮演自己的角色。最主要的是，无论是居庙堂之高，还是处江湖之远，都一直有能力去保留一份纯真。

（3）

我有一个青梅竹马的发小，认识她有十几年了。记得二十出头的时候，她长的是一副巩俐脸，如今都奔三了，反而越来越像是 Angelababy。言下之意，她是越长越年轻，越活越滋润，浑然不管是不是裸妆，最近有没有熬夜。

然而，就是这样一个“白富美”式的千金小姐，你完全无法想象她曾经遭遇过的苦难。

那可是比九曲十八弯的韩剧还要狗血——我一直想专门给她写个故事的，但总是没找到合适的时间，现在先熬半碗鸡汤吧。

在过去的十年里，她经历过堕胎、车祸、离婚、骚扰、被家人骗去传销，甚至被闺密陷害进过监狱……

总之，她受过的伤，跟她的一袭长发和我写的文章差不多，但她却丝毫没有放弃对生活的热情，反而修炼出了几分佛性。

在她的身上，我读懂了“永远年轻，永远热泪盈眶”这一句话，也正如法国作家罗曼·罗兰所说：“世界上只有一种英雄主义，那就是在你认清生活的真相后，依旧热爱它。”

所以，每次我因为生活的挫折而倍感焦虑的时候，总爱找她聊上几句，喝上几杯茶，当然也可以来杯清酒（只要她老公不嫌弃），抑或是干脆跟她静静地坐着，听听她放的音乐，便可以很快地平静下来，简直比镇定剂还要灵光。

与此同时，我也见过那种被世间的痛苦吞噬的灵魂：他们要么成为祥林嫂式的人，一天到晚絮絮叨叨着对这个世界的不满；要么就是被仇恨吞噬了心智的反社会主义者。跟他们在一起的好处就是，你的安全意识会大大地提高，因为你得时刻提防着他们会不会从口袋里掏出把水果刀。

另外，还有一种人相对温和，在我们的生活中最常见了——用他们自己的话来标榜就是，这才叫作成熟。

但这只是一种“看山不是山”的成熟，他们抛弃了天真、有趣、热情，沉淀出了冷漠、盔甲和犬儒，甚至“什么都是假的，只有钱是真的”的拜金主义。

试问，这样的成熟，我们到底需要吗？

（4）

在《华严经》里，上佛曾曰："初发心即成正等正觉。"意思是说，最初的就是最终的，最基本的也是最高深的，最开始的一念亦是最后的一念，所谓"出家如初，成佛有余"。

对此，老子也表达过类似的观点："知其雄，守其雌，为天下溪。为天下溪，常德不离，复归于婴儿。"

也就是说，虽知阳刚的显要、雄性的威猛，但仍能坚守阴柔的纯美、雌性的柔情，就像是能包容天下的溪谷一般，最终到了婴儿的状态。

人生百态，岁月苍穹。大多数的我们，都是凡夫俗子，空有一身臭皮囊，追名逐利。

然而，不管世事有多么不如意，也无论成人的世界有多么的复杂凶险，我都希望你可以做自己永远的小王子，更愿你在出走半生之后，归来仍是少年，正如《小王子》里的那句话：

使生活如此美丽的，是我们藏起来的真诚和童心。

以前哭着哭着就笑了，现在笑着笑着就哭了

落魄江湖载酒行，楚腰纤细掌中轻。十年一觉扬州梦，赢得青楼薄幸名。

——杜牧《遣怀》

（1）

著名哲学家尼采曾说过：“与恶龙缠斗过久，自身亦成为恶龙。凝视深渊过久，深渊将回以凝视。”

这个其实很好理解，只要不是富二代，每个人在成长的路上，都践行着“适者生存”的法则，不断地与各种恶龙缠斗厮杀，亦在深渊的深情凝视中，战战兢兢地前行。

正所谓人在江湖，很多时候，身不由己，很多事情，亦无法高高挂起。于是，在适应江湖的过程中，我们慢慢地、被动地、润物细无声地，接受着这个世界的洗礼和浸染，继而成为我们一直抗争着的对象。

我们的社会，正是这样的一个大染缸，给所有的人，都要上一层色，磨一下角，褪一层皮，甚至换一身骨……不管你愿不愿意，欢不欢喜，成长的路上，最显眼的驿站，就是一次次蜕变，一次次的修行，正如唐三藏的西天取经路，亦如《牧羊少年奇幻之旅》里圣地亚哥的寻找财富之旅。

（2）

前阵子，网上曾流行一个视频，名字叫《成长让我们改变了什么》，内容其实很简单，就是由不同的成年人，从各个角度来诠释“成长”一词，却无可救药地感动了很多人，当然也包括我。

我们可以看看以下这些表述，只要你对一半以上有共鸣，那说明你也进入了成长轨道。

成长就是活得越来越酷，朋友丢了一路
以前得不到的，现在不想要了
从一个什么都表现在脸上的人，变成了一个什么都藏在心里的人
把锋利的棱角磨平了，不再那么有脾气
喜欢，也不一定要在一起了
学会了收拾自己的烂摊子
把哭声调成静音的过程
越来越不喜欢吃零食了
聊天话题，从网络游戏变成了房子、车子
小时候觉得自己以后一定是个特别的人，长大后才发现，其实

自己很普通

爱情和面包，还是要选择面包的

无数次看穿人性，然后坦然接受

生活，不会因为你是女生而怜香惜玉的

周围所有的人，包括父母都帮不了你

不用羡慕别人成熟，那是因为他们遇到的坏人比你多

真正的成长，就在于不再急于成长

成长就是，从怎么办到让我来，就是从一群人到一个人

从自己能体谅父母的那一刻就是成长吧

……

在视频的最后，是这样来总结的：小时候，哭着哭着就笑了；现在，笑着笑着就哭了。

的确，以前的我们，难过了就哭，哭到了一半，遇到了开心事，立马破涕为笑，脸上藏不住情绪。

但长大之后，真正开怀大笑的时候不多，只因心里藏着事儿，而且有时候笑到一半，突然就泪眼模糊，只因内心的某根心弦，被突然拨动了，过去的伤心事，如潮水般地涌入心头。

对此，我也算是比较有感触。

印象中，我已经有七八年没哭过了。上一次还得追溯到跟初恋的分手，但最近不知怎么的，或许是压力过了线，要么就是焦虑升了级，以致量变产生质变，泪点居然变得特别低：看到一

部电影的某些桥段，读到一篇文章的某个故事，或是晚上突然从一个噩梦中醒来……好吧，简直都没办法说下去了。

（3）

王小波曾说，生活就是个缓慢受锤的过程。人一天天老下去，奢望也一天天消逝，最后变得像挨了锤的牛一样。

的确，很多时候，成长就是这样，一步步地滑入深渊，坠入无可救药的庸俗当中。但与此同时，也一定会有几次刻骨铭心的加速点。

然而，对你而言呢？到底哪一次的人生境遇，让你一夜之间长大，幡然醒悟如醍醐灌顶？

是相恋十年的爱人，在结婚前夕不告而别？
还是一次惨痛的因好友中途退场而耗尽了全部身家的创业经历？
抑或是，第一份工作没干到一个月就被老板辞退，工资还没有拿到，只因为在办公室他摸了你臀部你反手给了他一巴掌？
……

（4）

电影《后会无期》里，讲的是三个年轻人的成长故事。

故事的寓意如主题曲《平凡之路》所唱的那样："我曾经失落失望失掉所有方向，直到看见，平凡才是唯一的答案。"这似乎说明，平凡才是每段青春的出口，每个年轻人的答案。

然而，这里的平凡，并非平淡，也不是平庸，而是因为坚持不懈地做着某些平凡事，继而成就了不平凡。所谓的色即是空，叶里藏花几度，平凡亦是不平凡。

记得在电影《艋舺》里，有这么几句经典对白，我相信很多人哪怕没看过电影，也知道：

风往哪个方向吹，草就要往哪个方向倒。年轻的时候，我也曾经以为自己是风。可是最后遍体鳞伤，我才知道我们原来都只是草。

然而，哪怕是生而为草，被疾风吹得遍体鳞伤，我们也可以以自己的方式生长，野蛮而动情，甚至骄傲地长出自己的模样，这方是人生的真谛。

总而言之，人生漫漫，却又如白驹过隙，主动成长才是主旋律，千万别如杜牧一样，落得"十年一觉扬州梦，赢得青楼薄幸名"，更不该被动地活成曾经厌恶的那个自己，而是应该为心中的那一份麦田而抗争，哪怕是碍于现实，需要暂时地妥协，也是换种方式战斗。

小时候，我最爱看的漫画是鸟山明的《七龙珠》，里面的孙悟空是个超级赛亚人，具备地球人所没有的一个技能：每次经历生死后，都会变得加倍的强大，如同升级换代了一般。这正是本文的初衷，成长的炼狱有千千万万，哭笑之间换了个江湖，但我们的内核、精神，或者说某些信仰，都应该坚守，正如早已宣扬“上帝已死”的尼采所说的那样：

那些没能消灭你的东西，一定会让你变得更强壮。

取 经 人

圣僧努力取经编，西宇周流十四年。苦历程途遭患难，多经山水受迍邅。

——吴承恩《西游记》

据我所知，这个世界上有两种人：一种是取经人，目光在远方，在罗盘，在星辰，所以总是在路上，偶尔停下来，也是为了整理行囊，调整方向，然后继续风雨兼程。一种是念经人，焦点在眼前，在怀表，在念珠，活在当下，不畏将来，今朝有酒今朝醉，人生得意须尽欢……这两种人代表着不同的价值观，正如硬币的两面，无好坏之分，只关乎个人选择。

取经人的代言人有很多，比如说唐三藏和甘道夫，哥伦布和郑和，越王勾践和曼德拉，《宝莲灯》里的沉香和《牧羊少年奇幻之旅》里的圣地亚哥……当然，也包括不少的读者朋友。所以今天，我们就来聊聊这群辛苦而固执的取经人吧。

一般来说，取经人的特点有这么几个：坚信一定会有经书，知道经书大致在哪儿，无时无刻不想着取经，想尽一切办法获得真经，即便“路漫漫其修远兮”，也是“衣带渐宽终不悔”。

正如唐僧所经历的九九八十一难一样，对于取经人来说，人生最重要的主题就是荆棘和诱惑。对此，我们要么选择穿越风雨，咬牙坚持；要么果断放弃，换一条旅游路线，重新上路；要不就干脆驻扎下来，取个美妖，过安生日子。

然而，那些铁了心死磕到底的朋友，怎样才能更快地取得真经呢？

对于取经人来说，最重要的一点就是：认识。认识自己，找到根植于内心的那幅魂牵梦萦的画，然后才出发。如果一时半会儿没找到，宁愿继续在原地徘徊，慢慢寻找，也别急着上路。正如王小波所说，人在年轻时，最头疼的一件事，就是决定自己这一生要做什么。

一旦琢磨透了，那就好办多了，因为这是取经大业里最重要的一步。随后很快，我们就会发现，在前行的路上，有些关卡需用娱乐时间去冲，有些则需要用睡眠质量去换，有些东西甚至还需要牺牲肉体……当然，你能舍去什么，你愿意舍去什么，舍去之后是否有所得，就要看大家的智慧了。

李开复曾通过《向死而生》劝诫我们，要活在当下，拥抱每一天，不要老想着追名逐利……毫无疑问，这套说法能说服很多人，却很难说服我，并不是因为他说得不好，而是因为他已经有名有利了。正如一个大户人家的人，跟一个饥肠辘辘的人说肉吃多了容易得高血压、心脏病、关节炎，后者也会有揍人的冲动。

同样的道理，对一头老虎来说，你是劝它安心地在动物园里被饲养，享受天伦之乐？还是任由其在天地间驰骋，冒着危险去扑羊杀狼？

当然，需要强调的一点就是，本文所说的经书，并非世俗眼中的名利，更多是一种根植于内心的生活方式，本身就具有个人的独特性。

前阵子，有一部叫《道士下山》的电影，里面有一句经典台词：不择手段非豪杰，不改初衷真英雄。其实豪不豪杰，英不英雄都不重要，真正重要的是当你在取经路上遇到种种困难之后，是否还能有当初那份“荆轲”般的坚定？

对于取经人而言，最大的痛苦往往不是前行中所受的伤、流的泪，而是全力以赴、费尽心思，却发现自己在原地踏步甚至倒退。

每当这时，身心疲惫的我们也许应该像《一个人的朝圣》里的那个独自步行了627公里的87岁老头：“或许这就是世界所需要的，少一点理性，多一点信念。”同时，也要坚信《秘密》里的吸引力法则：你生命中所发生的一切，都是你吸引来的。也就是说，只要你真心相信一件事，全世界都会来帮你。对此，过去的经验告诉我，这绝对值得一信。

另外，从方法论方面去分析，一个人能否坚持取得真经，跟这人的历史记忆有很大关系。就是说，过去成功（哪怕是其他领域的小成功）过的人，更有机会再次成功。正如我们坚信中国一定能够复兴一样，因为我们曾经有过辉煌历史。

谈过恋爱的朋友都知道，找到一个好姻缘无非要以下几道工序：首先是认识一堆人，比较后开始取舍，然后挑出 1 ~ 2 个目标对象，送诗送花送钻，关注关心关爱……如果这个时候，有朋友帮你拿拿主意，有闺密帮你美言几句，那确实更容易抱得美人归。

这里的朋友和闺密，就是你的取经小伙伴了，比如说唐三藏有悟空、悟能、悟净、观音菩萨和皇帝相助，周杰伦有吴宗宪挖掘，巴菲特有芒格做搭档。好的帮手可能不需要很多，但一两个真正的好帮手绝对不可或缺。

总的来说，依笔者之愚见，作为一个取经人，要想取得真经，首先是认识，其次是取舍，然后才是坚持，再加上一个相对靠谱的团队。如果把这四颗“龙珠”都凑齐了，外加一点点幽默感，要是还取不到真经，那就真是阿弥陀佛见鬼了。

回不去的小城

秋风吹故城，城下独吟行。高树鸟已息，古原人尚耕。

——崔涂《夕次洛阳道中》

当代美国冷硬派侦探小说大师——劳伦斯·布洛克的《小城》开头是这样写的：“在杰利·潘科想吃早餐之前，他已经去过三家酒吧和一家妓院。”

然而，我们勤快的杰利兄一大早的饿着肚子，跑去这些未成年不准入内的场所，一来不是为了喝酒，二来也对小姐不感兴趣。他只是一个再普通不过的城市美容师和马路天使——清洁工，收入普通，相貌也不堂堂，而且好不容易从死一般的醉乡中挣脱起床，目的只有一个：打扫这座“小城”的宿醉狂欢。

这绝不是一件好差事，特别是当你早餐吃得饱饱的时候。另外，小说中的“小城”也并不是地理意义上的小城，而是繁华的大都市，更是美国经济中心——纽约。最重要的是，这座“小城”刚刚经历过惨绝人寰的“9·11”，过去的一切似乎都不太一样了，那种看似喧嚣却冷漠到乏味的日子再也回不去了。

其实，在我们每个人的心中，都住着这么一座小城，即便她跟纽约一样大。她在我们小时候出现，而且永远活在回不去的小时候，所以不管如何拆迁重建，不论是否经历过翻天覆地的恐怖洗礼，都难以摘掉“小”的帽子。

在记忆的小城里，总会有那么一个欢快的俏姑娘或安静的美男子，如同田径运动员般，乐此不疲地奔跑在你的梦乡，或让你辗转反侧地进不了梦乡，只为了琢磨第二天让小伙伴传递的小纸条里，是否有敲动对方心弦的、而且绝大部分是从歌词上摘录而来的话语。

在小城的记忆里，也总会有那么几个兄弟，在无数个下课铃响的临界点，跟你热血沸腾地迎着夕阳，像是当年冲向黄金销售柜台的中国大妈一样，冲向那出门左转可能还不到 5 米的球场。要是你恰好是一个妹子，只要嘴上没有胡子，头上不长虱子，而且体魄也不像是《十万个冷笑话》里的哪吒，那准会有这么几个闺密。好到一起泡脚洗澡、睡觉耍宝甚至因为连手都没牵过的爱情而为彼此欢喜落泪，可转眼又为了某件再鸡毛蒜皮不过的小事分道扬镳，成为连名字都叫不出口的“陌路人”……

就是这样的小城，在万物生长的记忆中，守望着我们成长，在似水流年的成长中，不断地埋葬着那些浓烈的青涩，叛逆的情愫，以及那最原始的轻狂。

“那童年的希望是，一台时光机。我可以一路开心到底，都不换气，戴竹蜻蜓，穿过那森林，打开了任意门找到你……”“周董”的时光机也正是我们曾无比憧憬的神器，其中的任意门来自于《哆啦 A 梦》的机器猫，它能够带我们去任何地方（当然也包括小时候），回到那个再也回不去的小城，让一切重头来过——要真是这样就好了，那么《春光乍泄》里的张国荣饰演的何宝荣就不会总是对梁朝伟饰演的黎耀辉说同一句话了。

前阵子因为宣传新书，跟一个三年未有音讯的女同事搭上了线，大家都忍不住为对方年老色衰却依旧战斗在飞黄腾达的耕耘路上而感慨万分。后来遭遇支付宝滥发红包，结果我一天三次都没戳到，倒是戳到了她的微信告白，说又过一年了，时间真快啊，快啊，快啊……真怀念当年一起手拉手排队进老板办公室抢红包的日子。

其实我知道，手拉手是不可能的（我还没活到忘事的年纪），而且我也明白，跟她一样，我们只是怀念当年那个年轻时的自己而已。对她来说，那可真是一个不需要 BB 霜和全罩式文胸便可行走江湖的黄金时代啊。对我而言，则是一个对前景无比乐观的荷尔蒙素分泌旺盛而且努力向上奔跑着的文艺“男骚年”时代……这一切，也正如那座让我们魂牵梦萦的小城，很多时候我们怀念的，不过是小城里的那个自己。

当年邓丽君火的程度丝毫不亚于现在的周杰伦，不过其命途就没那么顺利了：虽然在事业上一度如日中天，却始终逃不开像王菲所唱的《棋子》的命运。

至于如何个棋子法，还得从另一首歌说起：“小城故事多，充满喜和乐。若是你到小城来，收获特别多。看似一幅画，听像一首歌，人生境界真善美，这里已包括……小城故事真不错，请你的朋友一起来，小城来做客。”

这样的一首歌看起来平淡无奇，通俗易懂，完全符合口水歌的作曲作词，实际上却没那么简单。

话说回来，美丽的君姐因为不堪各种压力，终于在不惑之年告别娱乐圈，跑去了“萨瓦里卡”（泰国）的清迈静修。静修的目的有两个：一来，是为了养身体的疾病；二来，是养被迫退婚后的心病。不幸的是两个病都没养好，最后客死他乡。有报道说她之所以不愿意再回台湾，是因为她是好不容易逃走的，不想再做“棋子”了，即便她真心想回到那个像画又像歌的小城。

小城就像是我们《匆匆那年》的初恋，经过时间的沉淀，留给我们的是加了“复古流年”或“经典影楼”等滤镜效果的记忆碎片，即便当时曾对着月色和两块钱一包的方便面垂泪到天明。

也正因如此，每当我们在各种蜗居、裸婚，以及平衡婆媳关系中疲惫不堪时，脑海中总会闪现出初恋的“音容笑貌”。一如我们在社会中打拼到看什么都像杯具里的满口苦水时，也会第一时间想要收拾包袱“撒由那拉”，从此躲进“小城”，管他春夏与秋冬。

然而，小城真如我们想象中那么美好吗？

在《小城》里，我们可爱的杰利兄除了是一位清洁工，工作繁忙，工资有限，另外还有一种特殊的身份导致他不会去嫖妓，那就是——同性恋。当然，在眼下这个年代，这样的小城，如此的角色，并不值得大惊小怪，但是在过去足以成为异端人士。

记得念中学的时候，我的同桌恰好有过类似的困扰，这种困扰让他成了学校里的“风云人物”。像这样的人，一定要有个强大的内心才行。但我这位小伙伴却没有，因为一来他没有土豪的家境，二来也没有学霸标配的气势，所以注定只能忍受被歧视的命运，一度像过街老鼠一样在夹缝里生存。

于是，我们似乎可以得出这样的结论：小城里的愚昧永远都跟淳朴是相对应的。前不久有一个报道，欧洲某个闭塞的小城里有一个老单身汉，其右手有六根手指，大家都觉得他被诅咒了，是个不祥之人，平日就像是防瘟疫一样躲着他。

这还不算什么，重点是有一天，有个新生宝宝被发现也是六指的，于是人们觉得非常奇怪，说孩子的父母都是五指的，怎么孩子是六指呢？经过一致讨论，他们判定城里唯一的那个六指男一定跟孩子母亲有奸情，结果就把他们打死了。

其实在我们身边的小城，也有着各种各样的故事和事故，如同《东霓》里的西决、南音，亦如同萧红的《呼兰河传》里那个被热水烫了好几次的小媳妇，或是《小城三月》里那个对爱情无比憧憬却始终无法得到的村姑。

大概 2014 年的时候，由于工作的关系，我去了一趟新德里。那时候的印度还不像现在这样让媒体异常亢奋，动不动就各种头条。那时到印度去的妹子比较安全，别说公交车了，就是天桥底下也敢去。

忙完公事后，我便安排自己去逛了一下旅游小册上精心推荐的各种景点。不过说实话，对于一个来自于拥有五千年文化地大物博的“天朝”市民来说，实在没留下什么印象。后来那边的阿三同事也急了，说介绍你去个地方吧，就在附近，一座小城。听他介绍时，我还以为又是跟去曼谷时别人跟我介绍芭提雅一样，结果却出乎意料。

这个小城离新德里大约有 10 分钟的车程，虽然不是什么好景点，在当地却非常有名——据说还是印度神话中各种神灵的大本营。来到这儿后，我并没有看到各种神灵（当然肉眼是肯定看不到的），而是看到了众多的中老年妇女……然而不管年龄大小，她们眼神里都流露出一种隐隐的不安全感和不确定性。虽然我不是帅哥，但还是感觉不太对劲。

其实，这是印度著名的寡妇之家。由于宗教和文化的原因，这儿聚集了九千多名寡妇。在当地人的眼中，寡妇就是不祥的人，不能再婚，不能穿着鲜艳，每天祈祷几个小时，才能吃到别人施舍的剩饭剩菜。另外，她们习惯把自己的姓氏改为“达斯”（印度语中意为“奴仆”），以此来表示自己愿意终身虔诚侍奉神灵，与夫家断绝一切联系。当然，更多的人只是单纯地为了逃离野蛮残暴的家庭。

如上所述，无论是社会地位还是生活水平，这些大妹子来到寡妇之城后，似乎都没有多大改善，甚至还有了新的枷锁。却因为多了一份信仰，所以能够找到内心的平静。

当然，故乡的小城不仅美，而且美好，藏着所有的童真，亦埋着我们的根……却永远不是我们信仰的根源，无法支撑我们度过人生中的漫漫长夜。

在卡尔维诺的《看不见的城市》里，马可·波罗曾说："请原谅，汗王，或早或迟，有一天我总会从那个码头开航的，但是我不会回来告诉你。那城确实存在，而它有一个简单的秘密：它只知道出发，不知道回航。"

那么，就让我们挥别那座满载回忆的小城，用内心真正的信仰，作为不变的航标，戴月（当然也要带上盘缠）上路，御风起航，一起奔向那未知的疯狂。

当爱人和梦想同时落水，该救谁？

曾虑多情损梵行，入山又恐别倾城。世间安得双全法，不负如来不负卿？

——仓央嘉措

（1）

昨天，跟一个业内知名的作家聊天，他说他准备放弃写作了。

我说你别逗了，这样的想法，我每个月都会有四五次，有时候一个晚上还会有两三次，可还不是坚持了这么多年。

他苦笑一声，说这次是真的，最近一周都没写东西了，公众号也几乎不更新了，路过书店也忍住了绕道而走。

听他这么一说，我才知道他是认真的。须知道，像我们这种习惯了每天写字追梦的人，一周不写东西，跟十年烟龄的老烟鬼一个月不碰烟一样，完全无法想象——那得是多么焦虑啊。

我问他，到底怎么了，一定事出有因吧。

他沉默片刻，原本是跟我文字沟通的，随即变成了微信语音，似乎不开口说话，就不足以表达其心情。

上月底的某天，朋友熬夜赶稿，折腾到了三点多。

第二天一大早，原本是例行上班，结果发现不到一岁的宝宝发高烧了，而且还一下子烧到了40多度，吃了美林也没用，于是赶紧开车送医院。

可没想到的是，因为睡眠不足，路上犯困，撞到了别人的车。宝宝也冷不防从爱人的手上飞了出去，碰伤了头，大哭不止，爱人也一起陪着哭。

下车的那一刹那，站在人来人往的马路上，朋友的内心无比懊悔、自责，甚至想当场痛哭一场，心想怎么可以让生病的宝宝受此伤害，简直愧为人父。

那一刻，他做出了放弃写作的决定。

朋友说，这些年来，因为要追文学梦，白天努力上班赚钱，晚上忙于写作，错过了好多跟宝宝玩耍的时间，很多跟家人相处的时光，他觉得有必要停下来，至少应该缓一缓。

因为他认为，这么努力地追梦，无非是想在将来给爱人带来更好的生活。可现在爱人就在身边，自己却没照顾好，这不是天大的讽刺吗？

（2）

其实，有关爱人和梦想同时落水的问题，我还有个好友，最近也做了同样艰难的选择。

他在某个行业内数一数二的外企上班，跟我也算是同一个总公司，存在一定的合作关系。我们认识了一年多，一起奋斗，互为知己和酒友，我们甚至还都是王小波迷（当然，他不知道我有写作）。可就在不久前，他突然跟我说，他要结束‘南漂”生涯，卷铺盖回老家了。

我说，别逗了，离开“北上广”的念头我们谁没有，每次挤在地铁的人堆里，每次被老板质疑甚至谩骂，每次在酒席上觥筹交错或洗手间醉柳扶墙……我的脑海里，都闪烁着解甲归田的念头。

可这不是我们自己的选择吗？

这何尝不是我们的梦想？

这确实是好友的梦想。他喜欢这份工作，这么多年的努力，也就是为了进这样一家体面而有奋斗欲望的公司，虽说拿的还不是高薪，但耕耘下去肯定能在公司以至行业谋得一席之位。

问题是，他现在的收入无法支撑家人在广州生活，包括买房，包括孩子的教育，等等。他爱人现在老家做公务员，工作不能乱动，小两口必须异地，眼看着孩子就要长大了，马上到上学的年纪了。仔细斟酌之后，他决定放弃广州的职业梦想，任由“三十功名尘与土”，回老家跟爱人团聚，继续追随新的“八千里路云和月”。

对此，我除了一声叹息和两声珍重之外，并没有更好的建议，只是在临走饯行时，给他送了一本我的书而已，书的内容跟“勿忘初心”有关。

（3）

前几天，刚好有个读者，也面临了同样重大而痛苦的选择。

他跟我说，他遇到了这辈子里最艰难的十字路口，希望我可以给他一些建议。

可说真的，以前碰到读者的困惑，不管再怎么难抉择，我都会第一时间提些想法，可这次我却不知该怎么说了。

他说前不久，职业生涯迎来了一个前所未有的黄金机会——这是他的兴趣，也是他的理想，他曾经为此努力了五六年。

可是，一旦他选择了这份工作，就得去另一个远方城市，爱人也得放弃现在的生活和理想，这是一个只能二选一的博弈。

爱人的意见是，希望他去追随他的梦，她愿意放弃现有的一切，跟他一起。但他非常矛盾，他觉得这样做太自私了。

为此，他失眠了好几天。

有关这位读者的困惑，我考虑了很久，最终给出的建议是：

不管你做什么选择，都是正确的。因为这不是爱人和梦想同时落水的问题，而是两个人和两个梦想同时落水的情景。

也就是说，不管放弃的是哪个梦想，最终获救的都是一对爱人和一个大梦想。

（4）

众所周知，仓央嘉措是活佛，同时也是一位著名的诗人。不过，他从小就在普通的家里生活，接受着可以婚嫁的习俗，直到十四岁才被认定是六世达赖喇嘛，接到布达拉宫中，潜心学经修道。

然而，这样的生活，却让他陷入了巨大的矛盾当中：“住进布达拉宫，我是雪域最大的王。流浪在拉萨街头，我是世间最美的情郎。”

因为活佛的身份，他无法和爱人在一起生活，他的多情不容于世俗礼浊。“世间安得双全法，不负如来不负卿。”如果动了情，就负了如来佛法；如果不动情，就辜负了爱人。

其实，在仓央嘉措眼里的佛法，何尝不是我们的梦想，正如电影《大话西游》里的至尊宝，一旦戴上了观音菩萨所给的金箍圈，拥有了能力去取西经，去救心爱的紫霞仙子，可就再也没有办法跟爱人在一起了。

在生活中，我们总是口口声声地说坚持梦想，没有哪个爱人值得你放弃梦想，真正的爱人是不会让你放弃梦想的……

可是你想过没有，其实，很多时候，我们必须在两者之间选一个。

在追梦的路上，我看过太多中途退场的人。然而，真正让他们放弃的原因，或许不是路上的苦和痛，风和雨，而是爱，无怨无悔的爱。

（5）

记得，大学刚毕业时，跟我合租的一个舍友也喜欢写作。我们曾互相鼓励，相互监督，并立志要在文坛留名。

然而，多年之后的某一天，因为新书上市宣传，我偶然间碰到了久未联系的她。她非常惊讶地说道，没想到这么多年过去了，你还在坚持写作啊！而且还出书了，真为你开心。

说这话的时候，我没有听出任何的失落、遗憾和后悔，而是发自内心的赞赏。因为此刻的她，已经是两个孩子的妈妈了，虽说早已经放弃了写作梦，可她觉得现在的生活很幸福。

当然，我也觉得自己生活得挺幸福的。虽然经常焦虑，经常熬夜，有时候还看不到前行的方向，却一直坚持在梦想的路上。

美国著名诗人弗罗斯特，曾在《未选择的路》中写道，树林里分出了两条路，他在驻足思考之后，选择了其中一条，这条路改变了他的一生。

每个人都会遇到林中的两条路，但我们只有一种选择，正如我无法想象我没有坚持写作这条路的生活一样，朋友也无法想象坚持了写作路的日子。

人活一世，有一世的风景。江山还是美人，爱人或是梦想，不管你怎么选择，只要追随自己的内心，都不会错。因为很多时候，放在一个长远的时间维度上，真正的爱人和梦想是不分彼此的，而是如胶似漆、相辅相成，“不负如来不负卿”。

真正的断舍离，首先得贪嗔痴

祸莫大于不知足，咎莫大于欲得。

——老子《道德经》

（1）

我有一个朋友，目前高就于 BAT（中国互联网公司百度公司，阿里巴巴集团、腾讯公司三大互联网公司首字母缩写。）的其中一家公司。最近，他跟我分享了一个非常有价值的观点。

话说前两个星期，此公花了大概一个月的时间，加班加点拟好了一个大项目。本来想着升职加薪就靠这一把了，可没想到的是，刚报上去不久，就被大老板拒了，当头一盆冷水。

他感觉非常郁闷，一连几天都像是到了时间点却始终没来例假的女同学一样，郁郁寡欢。

因为他觉得这个项目，既不用花很多的钱，又能给公司带来明显的效益，为何不做呢？

苦思无果之后，他直接跑到了大老板那里，想讨个说法。大老板对他的到来一点儿都不意外，并很认真地告诉他原因：

如果这个项目是在上半年提出来的话，我一定会批。但现在已经过了年中。年中最重要的是什么？对了，是做减法。

这是我多年来积累的职场经验。一年下来，上半年围绕着全年目标，可以——而且必须不断做加法。可一旦过了年中，各个项目都开了头，知道哪些可以继续，哪些需要减掉了。这个时候，就应该做减法，留下那些最重要的，年度目标才有可能完成。

总结成一句就是，上半年做加法，下半年做减法。

听完老板的一席话，朋友顿时恍然大悟，感觉像是多日没来的“例假”突然就来了。

的确，一年之计在于春，工作如此，人生亦如此，春夏时光应该尽量地做加法，可一旦盛夏过去，就应该大刀阔斧地做减法了。

（2）

记得还在念大学的时候，班里有一个男同学，在我们的眼中，总是那么格格不入。可这么多年过后，现在想起，原来他才是真正的有“大智慧”。

那时的他，除了必修课外，其他时间几乎都看不到人影。一打听，原来是出去参与各种社会活动了，比如说折腾过一个不到半年就倒闭的水果店，或是让师兄介绍去某知名外企打杂学人家穿西装，也尝试过去国企实习端茶倒水学政治……

总之，什么方向的活法，他都要参与一下。

一开始，我们都以为他是缺钱缺得要紧才这样的，可后来此公居然跑去了终南山修行，而且一去就是一个月，最主要还是双飞出行，可见金钱于他如浮云。

临近毕业时，那阵子要数外企最吃香了，比如说快销行业的“黄埔军校”宝洁，要不就是联合利华或微软这种类型的光鲜公司。除此之外，则是类似于中国移动或中石油这样的垄断型国企。

其实以他的综合能力，去外企或国企的问题都不大，但他果断地考了公务员。而且在多年之后的今天，居然已经混到了很高级别职位还不容小觑。

一次偶然的重聚，我问他，当年那么努力跑出去干吗。

他说，因为那时候的他，年少无知，无法确定自己喜欢什么啊，所以就不断去尝试，去做加法试错。直到毕业前，才明确了自己喜欢的方向，就是为官从政，于是便毅然做起了减法，没有去看任何有关公务员之外的机会。

一番话，顿时让我恍然大悟。其实做好人生减法的前提，一定是做了足够多的加法，从而让我们真正地确定目标，迎风起航。须知道，太早去做减法，往往会失去人生的厚度。

（3）

众所周知，眼下的世界瞬息万变，扑面而来的信息臃肿而杂乱，所以主流的鸡汤不断地教导我们，人生要做减法，生活一定要从简，比如从日本风靡全世界的超级畅销书《断舍离》。

但大家千万别忘了，减法人生之所以能够成功，不是越早做越好，也不是做得越彻底越好，而是先要做足够的加法，去支撑我们对梦想的探索。

认识足够多的人，才知道哪些人值得深交。看过足够多的风景，才知道哪一座城，值得驻守成故乡……真正的断舍离，必定是发生在贪嗔痴之后。

倘若，在没搞明白自己毕生所爱的前提下，就拼命嚷着做减法，结果在多年之后，愕然发现，千辛万苦减出来的东西，居然不是自己的真爱，那可才真是后悔莫及哪！

你的一辈子很短

——写给十年后的自己

这是2006年写的一篇文章，当时还在广州念大学。岁月静好，青春尚存，如花般的初恋也还在身边。文字是以信的形式，写给十年后的自己，也就是今年了。通篇读下来，文笔是毫无疑问的稚嫩，但文情却脉脉而纯真，透着一丝无可救药的乐观（当然感叹号也用得比较多），值得一阅。

十年后的我：

你还好吗？此刻睡了吗？还会像以前一样挑灯念月吗？我想，你一定没想到吧，十年前的你正在中秋给十年后的你写信。

夜凉如水，褪去了白天的浮华和喧嚣；晚风习习，带来了丝丝的舒适及惬意。几束如华的月光从窗外泻下，静静地投入我的时间和空间里。可以想象，这样恬静的秋夜还是能够让人内心澄静的。

坐在电脑前，我泡一杯绿茶于桌，淡淡的茶香伴着美妙的旋律，让我的思绪也随之飞扬了起来。

（1）关于爱情

杯邀月影临花醉，手弄花枝对月吟。明月易亏花易老，月中莫负赏花心。

关于爱情，我们都遇到了不少，感受了很多，每个人都会有不同的故事，每个故事都会有不同的心情，而每份心情也都触动着或多或少的回忆……故事总是在不停地上演着，心情可以是快乐的也可以是复杂的，回忆则是生活在时间上的沉淀。

而作为故事的主角，其实我们每天都在用不同的心情，去用心打造和书写属于我们自己的回忆。

懂爱的人都明白，爱情并不是也不应该是生活的全部，但它在很多时候影响和改变着我们的生活。这就是每一份离恨的追溯，也是每一份幸福的源泉。

不懂爱的人则认为，爱情虽然在很多时候影响和改变着我们的生活，它却不是也不应该是我们生活的全部。这就是每份纯真的泯灭，也是每份感动的韵尾。

生活的无奈，往往就是上面两种人的相遇；而生活的悲剧，通常就是以上两种人的相爱。

跟女友在一起已经有几个月了，点点滴滴的片段，在不断磨合的过程中，不断地增进了解和相互理解当中，我们都学会了如何去爱和被爱，如何去感受彼此的温度及如何去融合和把握两颗心之间的距离。

我在想，你现在是孤枕独眠还是佳人相伴呢？如果跟人在一起的话又是不是和我现在的女友呢？如果是的话，首先代我向她问好。这么多年了，也不知道她还会不会偶尔想起我；告诉她，我会很用心地照顾好十年前的那个她，至情至意。

你还记得吗？女友以前有个好友叫作侠女。认识她的日子虽然不长，但了解她的程度其实不浅。首先她是一个不错的朋友，其次她还是一个善解人意的女生，曾经在爱情中受过伤，伤得很重，后来逃离了，成长了，成熟了……转眼十年如烟而过，相信她也早已是人妻人母了，而旧日的那一段情伤也早该被风干得不再有痕迹了吧。

“槛菊愁烟兰泣露，罗幕轻寒，燕子双飞去。明月不谙离恨苦，斜光到晓穿朱户。”有时候，我看着身边的朋友在感情中受着煎熬，很无助，很迷惘，很不知所措，心里也觉得难受。我小心地安慰着他们，感受着他们内心的伤痛、沉重，以及挥之不去的泪梦。我固然知道，语言之所以苍白是因为它永远也不能代替手心的温度，可是我除了把理解和希望融入文字中化成点滴的慰藉，还能够做些什么呢？

这个世上，每天的每刻都有人相爱，也有人分离，更有人相爱后相恨而分离后又重逢再爱。世事如此反复，这般纷杂，我们应该用一颗什么样的心来面对爱情呢？又应该用什么样的心态来承受爱情所带给我们的一切呢？相信每个人的心里都会有自己的答案，你我也一样。

比起以前，我觉得我成长多了，但成长总是要付出代价的，问题就是你所付出的代价应不应该，值不值得。仔细想想，关于爱情，不管是“弱水三千只取一瓢”还是“执子之手，与子偕老”，又或许是“雨雨风风花花叶叶年年暮暮朝朝”，我们都有着让自己幸福的理由。

不知道经过了十年的人事纷扰与爱恨情伤，你的信仰里还会不会有“爱情”两个字?！

（2）关于生活

如果时间真的是一条河，那我又该为谁而老?

平平淡淡安安定定是一生，轰轰烈烈风风雨雨也不过匆匆数十载，我们到底该如何过好每一天？而什么样的生活又是我们真正想要的呢?

时间一日一夜地从身边打马而过，我们就像是没有了灵魂的躯壳一般，总是在马不停蹄地匆匆前行着，忘了疲倦，忘了方向，忘了流汗的同时还忘了有泪要流。直到有一天，我们恍然发现自己所用心打造的生活根本就不是自己想要的，这才明白什么叫作生活的讽刺！

诗人说，生活在远方，所以说到生活，就不能不谈到梦想。记得王蒙曾在《青狐》里面这么说过，梦想是不可能实现的，如果有一天它真的实现了也就不再是你的梦想了。这样的想法似乎有些悲观，但它至少说明了梦想跟生活的差距。

人生是一条单行道，没有回头的路，我们像诗人一样望着远方，我们带着希望，脚步坚定，努力地追寻着自己的梦想。可我们渐渐发现，梦想与现实的距离越来越大，甚至已经错过或是完全背离了，最后得到的是什么我们自己都不知道了，但至少我们收获了这一路走过的精彩和绚烂。

记得海德伍·布朗说过这么一句话："生活的悲剧性，不在于一个人输了，而在于他差一点赢了。"本来今年的计划是出一本书的，可眼看着就到年尾了，要实现这个目标似乎已经不可能了。过去一年的努力也没能取得正果，换来的，除了心情沮丧之外就是对生活的无限感慨了。

如果说前些年都是在不断地积累和偶尔量变的话，我内心还是希望，在接下来能够有所质变，能够有所突破，能够画上一个就算不完美至少也能够完整的句号。

一直以来，我都很乐观地过着我的生活，偶尔遇到一些让人悲观的事情也会很快过去。可我总觉得这似乎是不够的，人过于乐观，就会容易忽略生活所给予的压力，以致压力无法很好地转变成前行的动力——这大概就是我关于生活的最大困惑吧！

突然想知道，此刻的你实现了我的梦想吗？你是否还有梦想？而你的梦想到底是什么呢？

（3）关于家人

……我们一直到最后才学会，哭泣时候谁安慰，而成长让人觉得累，却已没有办法后退……雨在下家乡竹篱笆，南下的风轻轻刮，告别了繁华将行李卸下，我们回家……

第一次听就喜欢甚至爱上了这首歌——南拳妈妈的《家》，旋律和歌词都让我很受触动，这大概就是那种所谓的内心共鸣吧！所以有一段时间我拼命地在听这首歌，然后疯狂地推荐给我认识的所有人。

记得以前你也很喜欢这首歌，可都过了这么久了，你还记得那些熟悉的旋律吗？现在拿出来听的话会不会有一种恍如隔世的感觉呢？就像是我现在听到十年前我所喜欢的那些歌一样。

前几天，妈妈不远千里来广州了，我带着她四处逛逛，走到双腿酸疼为止。好久没有跟家人一起漫步了，走在熙熙攘攘、人潮如流的大街上，感受着这个世上最爱的人的温度。我想，就算是置身于再喧嚣的城市也不会畏惧了。

也许，此刻的家不再是一个地域的概念，而变成了一个心灵的驻扎地吧！

阎连科有一本书叫作《受活》，书我没有看过，但是封面上的一句话却让我印象深刻：回家吧，那里有我们需要的一切！

或许家并没有我们要的一切，又或许我们自己都不知道我们想要的一切是什么。但无论如何，家永远是一个不可忽略的符号！

以前待在家里的时候总想着有一天能够离家而去，现在待在外面的时候却总想着有时间能够回家看看，以后在家待的时间会越来越少，在外漂的时间会越来越多，直到哪一天家有了新的定义。

“今夜月明人尽望，不知秋思落谁家？”抬头望了望窗外的天空，青天依旧月如盘，可脑海中已经找不到在家过中秋的记忆了。随着身边的亲人一天天地老去，皱纹爬上了手背同时爬满了脸，头发染上了灰色也染成了白，而我也越来越不再是那个年少疏狂的我了。

记得以前在家，上完晚自习回来已经是很晚了，万家的灯火已经熄灭，而妈妈总是会点一盏灯在阳台等我，点了多少年我已经忘了，但我知道是从我怕黑的岁月一直到我不再害怕的那个时候。

如果说被人守望是一种幸福，那么用心去守望一个人又是一种什么样的感觉呢？

（4）关于明天

明天不一定会更好，但明天一定会到来。

明天要做的事情有很多，生活永远不能被全盘计划，因为计划永远也跟不上变化。关于明天，我想我应该而且必须做的事情包括这些：呵护感情，追随梦想，关爱我的家人！

我知道你对我的期望一直很高，希望我能够做得很好，能够不断地进步、提升。面对你给我的压力，我当然只能选择默默地承担着并努力着，可最后的结果会是怎么样，你应该比我更清楚。

十年之后，我将成为你，你也将成为二十年后的我，就像十年前的我成为十年前的你一样。其实，我们的一辈子都很短……

夜深人静，信写到这里也该到尾声了。收笔前再给你送上三份祝福吧，分别是爱情完美，事业成功，家人幸福！

记得回信，忘了的话绝不轻饶。

2006.10.7 夜

这些年过去了，我还信什么？

华灯一城梦，明月百年心。

——宗白华《天光云影》

不知不觉，已经活过一些年头了。按世俗的说法，青春已经跑至尾声，正不可救药地奔向身材变形和庸俗功利的中年。

如今这江湖，别说是“90后”，“00后”都已经长袖善舞了。我们这批“80后”的老战士（或者用现在的网络语来说是“老司机”吧）摸爬滚打了好一阵子了，刀光剑影下来，有些人已经冒了尖，成了面子；枪林弹雨之后，有些人已经缴了械，丢了初心，彻底开启了平凡之路。

记得，曾有一期《罗辑思维》节目说过，“80后”是苦逼的一代：一方面在企业里，要为“70后”干活，争夺话语权、点菜权甚至酗酒权；另一方面，“90后”及时地赶上了移动互联网时代，很多人已经创业成功，化身老板，“80后”的上班族又得为这帮人卖命。

但这些都不是理由，正所谓“物随心转，境由心造”，中国人还是要有中国梦的嘛。作家堆里，我们不还有韩寒、张嘉佳等一干“80 后”在撑大旗吗？运动员中，我们不也出过刘翔、姚明、易建联么？

话说回来，这些年过去了，“回首向来萧瑟处”，不算太浮沉，但也算在挣扎中成长至今；“也无风雨也无晴”，谈不上有多大成就，却也是小有所成到心安理得了。

总的来说，我已经不信很多东西了，比如说新闻，一件事情，从不同角度的解读，就会有不一样的含义；或是人性，虽然人人皆有恻隐之心，但人性里的恶，有时要远甚于猛兽；抑或是朋友，朋友跟便利店里的商品一样，都是具备有效期的，而共同利益就是其最大的防腐剂。

所幸的是，我还信一些东西，比如乘飞机，比如当年分开时某个姑娘为我流下的一滴眼泪，比如以下这七点。

（1）我还信金钱

金钱到底是不是万恶之源？很多人给出的答案都是肯定的，因为它能使得“鬼推磨”，也能让人干不想干、不愿干甚至不敢干的很多事，比如说球场上的黑哨，商场里的暗箱。记得英国还有一句俗语：Money is the roct of all evils（金钱乃万恶之源），正是源自于《提摩太前书》的第六章第十节。

即便金钱是如此臭名昭著，但正如电影《华尔街》所说，金钱的精神好着呢，从来就不睡觉。另外，它还不说谎，不矫情，不文艺，所以非常可靠。

而且退一步来说，“金钱乃万恶之源”的观点，本来就不一定站得住脚跟。这些年来，我曾赶时髦地创过业，遇到过一些非常棘手以至于单纯用人力几乎无法解决的问题，但其实，只要钱一到位，立马搞定。

（2）我还信执念

很多人可能会有这样的误区“有心栽花花不开，无心插柳柳成荫”。但其实这只是从心理层面夸大了某个事件的偶然性，跟中彩票一样。

这么多年过去了，我还信努力，信执念，信一个人可以通过自己的坚持，去获得想要的东西，所谓“念念不忘，必有回响”。

凡事皆有因果，不努力肯定没有结果，努力了短期可能没有回报，但长期一定会有收获。“10000 小时理论”和“吸引力法则”，都是最好的实践法则。运气总是偏爱于用心行动的人，别再扯什么“懂了很多道理，还是过不好这一生”，说这话的人，从来就没真正地把任何一个道理读懂，完全是为了反鸡汤而标新立异。

（3）我还信远方

电影《东邪西毒》里曾说过："每个人都会经历这个阶段，看见一座山，就想知道山后面是什么。我很想告诉他，可能翻过去山后面，你会发觉，原来没有什么特别。"

但其实，即便山的那边，恰好什么都没有，但你内心的高山，已经完全不一样了。哪怕是同样的山，在你心中，也会看到不一样的风景。正如《牧羊少年奇幻之旅》的那个少年，爬山涉水，去了那么远的远方，才发现远方并没有什么，真正的财富，其实就在当年的出发处。

可是，你不去远方你会知道吗？

记得高晓松的《晓说》开场白是这样的："世界不是苟且，世界是远方。行万里路，才能回到内心深处。未来不是岁数，未来是礼物。读万卷书，才看得清浩月繁星。"

确实，去到更远的远方，只为了回到更深的内心。所以不管是行万里路的远方，还是读万卷书的远方，我依旧相信它的力量。

（4）我还信姑娘

张无忌的母亲说过，不要相信姑娘，特别是美丽的姑娘。但我还信姑娘，信姑娘的多变，信姑娘的多情，更信姑娘的多愁善感和儿女情长。当然，考虑到我是一位如假包换的直男，这里的姑娘不只是姑娘本身，更是爱情的代称。

美好的爱，“盈盈一水间，脉脉不得语”；神奇的爱，像林俊杰的歌唱的那样“冻结那时间，冻结初遇那一天”，也能像电影《星际穿越》里所说的那样穿越几光年的时空；救赎的爱，日本情爱大师渡边淳一曾说过，当癌症患者在深夜开始发作时，我注意到当时唯一能够拯救病人的就是爱。

（5）我还信阴阳

《易经》有云：“太极生两仪，两仪生四象。”这里的两仪，就是阴阳了。须知道，世间万物，逃不开“阴阳”二字。所谓的阴阳，即是天地，南北，男女，昼夜，冬夏……一阴一阳之谓道。最开始的一念亦是最后的一念。正所谓，出家如初，成佛有余。

另一方面，阴阳还表现在了相生性和互化性，所谓大智若愚，大巧若拙，大音希声，大象无形，“祸兮福之所倚，福兮祸之所伏”，想明白了这点，对于人世间的幸福或不幸，自然会更加豁达。正如王小波所云：似水流年才是生活的一切，其他都是片刻的欢愉和不幸。

（6）我还信无常

不管是小到生命——上一秒动如脱兔，下一秒魂归西处，每个人随时都可能遭遇疾病、车祸……

还是大到世界：上一刻歌舞升平，下一刻天翻地覆，没有人知道，意外跟明天谁先来到，外星人、病毒、地震、海啸……

“无常”才是这个世界最“有常”的规律，亦是人生里最应该相信的真理。

《金刚经》曾说：“一切有为法，如梦幻泡影，如露亦如电，应作如是观。”每个人的生活里，都交织着无常，失去是人生的必然，所以我们得到的任何东西，都是上天的恩赐，近乎于窃。故禅语有曰：得未曾有，心净踊跃。

（7）我还信四季

正所谓“人无千日好，花无百日红”。春有海棠夏有睡莲秋有菊花冬有雪梅，每朵花都有自己的季节，也有自己的生长周期，花开花败。

人亦如此，每个人有着自己的花季、雨季、青年和壮年。不同的季节，就应该有不一样的生活重心，该做加法的时候，当金戈铁马，奋力追求，偶尔贪嗔痴；该做减法的时候，自当鸣金收兵，休养生息，适当戒定律。

当然，四季是一个循环，生命也是一个循环。这个世界就是在不断的循环中生长、阵痛、明媚、老化……然后重新进入一个新的循环。

如上所述，便是我这些年挣扎着过去的，内心还始终相信的东西（当然，你也可以理解为是对上一篇文章《你的一辈子很短》的回信）。

正所谓“华灯一城梦，明月百年心”，人总是在信与不信中，找到自己的方向，也总是于信与不信的转变中，重新参透红尘。但愿所有的朋友，情窦初开的恋人，即将奔向远方的旅人……都能够找到自己内心的信仰。

. . . . P A R T 4

生活 LIFE

竹杖芒鞋轻胜马，谁怕？一蓑烟雨任平生

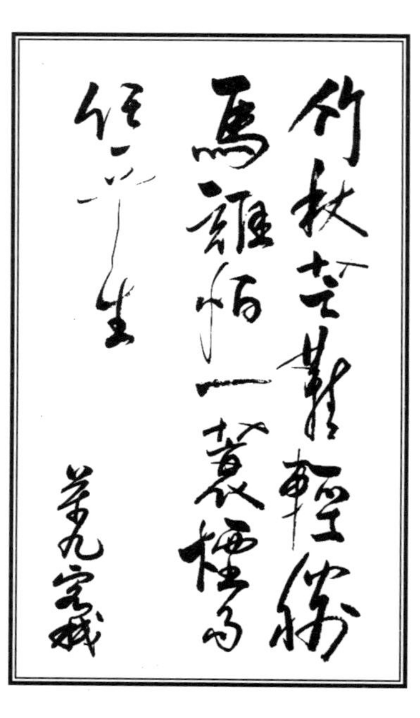
竹杖芒鞋輕勝
馬誰怕一蓑煙雨
任平生

你不是想得多，而是动太少

流水不腐，户枢不蠹，动也。

——《吕氏春秋·尽数》

（1）

最近，也不知道是不是情感文写多了，还是因为毕业季来袭，总之像是遇到了一个失恋的季节。总有朋友问我，失恋怎么办？失眠想太多怎么办？失去了生活重心怎么办……搞得我好像是情感专家一般。

其实我根本就是个外行。

所以，对于朋友们的 SOS 信号，我一律给出的万能解药是：**去户外动一动**。

乍一听，这建议还真像是某个姑娘一不舒服你就万分诚恳地劝其多喝热水一样敷衍了事，毫无含金量。

但其实不然。之所以这么说是有科学根据的：

一来运动让你出汗，流的汗多了，泪自然就少了。

二来运动能促进多巴胺分泌，让人更乐观，从而减轻失恋所带来的挫败感。

三来户外的新鲜空气和宽阔视野让你更舒服。

四来如果是跟其他人一起运动，在团队中容易重新找到接纳感，没准儿还能发展出新对象…….

总之，**运动是失恋达人的不二法宝**。当然，我也不是个纸上谈兵的家伙。记得大学毕业前夕，初恋跟我掰了后，我天天去踢球，晚上还绕着珠江和星海音乐厅跑步，一个星期就疗伤成功。

由此可见，对于失恋人士来说，运动不失为居家旅行之必备良药。除此之外，它还有其他更多的妙处。

（2）

前不久，部门有个同事，参加完“50 年校庆”回来，跟我们分享了一个有趣的现象。

在那么多的校友里，有的人成了达官贵人，“会当凌绝顶，一览众山小”；有的人则混得一般，“二月新丝五月谷，为谁辛苦为谁忙”。

至于职业的话，有在政府部门做高官的；也有在大型企业混高管的；还有来自电视台的金牌制片；更有搞不懂是做销售还是传销的，见人就发名片的职场达人……

然后他说，开会时校方也很时尚地秀了一把，给大家展示了一组有趣的数据，比如说这么多年来的男女学生比例，或是全国各地的校友出处，等等。

其中最有意思的一个是，毕业十年后，哪个专业出来的校友混得最好？对此，校方也让我们猜一下。

有人猜是管理学院，因为学管理的天生血统纯正，适合当领导。

也有人猜是国际经济贸易，因为学经济的最懂得如何运用经济法则给自己谋利益了。

……

我猜的是金融学院，因为学金融的容易去证券所或银行。而这些年来，中国经济高速发展，难免乱象丛生，证券投资市场几乎无规律可循，但内部人士却赚得不亦乐乎。

不过，我们都猜错了，其实混得最好的居然是体育学院的，真是让人大跌眼镜！

体育学院不是向来给人“头脑简单四肢发达”的感觉吗？

看来，还真是错觉。毕竟数据胜于雄辩，体育好的同学在这个社会往往更易成功。

（3）

“四肢发达但头脑同样不简单”的人混得更好，主要有以下几个方面的原因。

运动让人更健康

法国医学家蒂素曾说过，运动的作用可以代替药物，但所有的药物都不能代替运动。

毫无疑问，常运动的人身体比较健康。须知道，身体是革命的本钱，有了健康的本钱，才能更好地奋斗。

别说是职场，在任何的追梦路上，都不是一蹴而就的。正所谓磨刀不误砍柴工，而每个人的刀就是身体。

运动让人更积极乐观

生物学家研究发现，运动可增加血液中的钙质，同时促进多巴胺分泌，能有效调节个人情绪，让人更开心。

而且，长期运动的人也更为积极乐观，勇于面对挫折，就像是长跑，每当熬过了一个阶段，就会觉得更能跑了。这种克服困难后的海阔天空，往往也会让我们在生活中更为“耐撕”。

运动让人的颜值更高

在这个以貌取人而且人人都在追求真善尤其是“美”的社会，颜值往往可能决定某个人的发展，比如说面试时的第一感觉。

运动能加快新陈代谢，让人看起来更加容光焕发，也能让肌肉线条更为优美……总的来说，你的气质都藏在你运动的汗水里，世上没有比结实的肌肉和新鲜的皮肤更美丽的衣裳。

运动让人更会与人协作

除了跑步、游泳等少数靠个人便可完成的运动外，大部分的运动都是团队协作，比如说足球或羽毛球。这种类型的运动能大大地提升个人的团队协作能力。

当今这个越来越平行的网络社会里，与人协作几乎是成功人士的必备能力。

以上便是运动的四大功效，但其实它还有更多的妙处，比如说能够培养坚强的毅力，一旦认准目标不轻易放弃的特点，以及“不到最后一秒钟都不放弃”的运动员精神，等等。

试问，这样的学生走出校园后能不成功吗？也难怪据某财经杂志报道，93% 的成功人士都有一项体育特长。

另外，在著名的牛津大学里，有一个驰名世界的罗德奖学金，被誉为“全球本科生诺贝尔奖”。其评选有四项标准，其中一项就是喜爱体育，最好还要有运动成就。他们认为，这样的人往往具备优秀的心智，是值得栽培的未来领袖。

（4）

众所周知，思想决定了行动，比如说我们郁闷了，就会感到全身乏力；失恋了，就会感到身心颓废，做什么事情都不带劲。

一个人在想太多的时候，很容易就陷入旋涡，就像是章鱼，一旦看到了瓶子，就拼命地往里钻，结果被渔夫轻易地逮住。

但有些朋友可能不清楚，行动其实也可以反过来影响思想。我们身体上的某些行为习惯，可以直接改变我们的意识，而今天我们说的运动，就是一种最为直接有效的行为了。

德国著名作家歌德曾说过：“只有运动才可以除去各种各样的疑虑。”当然，这可能存在一定程度的夸大，但不可否认的是，运动确实能让我们想太多的大脑放松下来。

所以很多时候，面对生活的挫折，遭遇感情的打击，抑或是对未来的无力……我们不需要想太多，也别总是躲在一个角落里，独自舔舐伤口，而应该尝试着走出去，让汗水淋湿自己的同时，把泪水也排得一干二净。

我的初恋女友是医生

凡是愚弱的国民，即使体格如何健全，如何茁壮，也只能做毫无意义的示众的材料和看客。

——鲁迅《呐喊》

最近，读了三则有关医生的新闻，感触良多，跟大家简单聊聊。

第一则是跟状元有关：

2016 高考状元调查：36 名高考状元无一人选择学医。
调查结果同时显示，61.11% 的状元倾向于报考经济类专业；
33.33% 倾向于报考管理类专业；
选择哲学的为 8.33%；
历史学和教育学同为 2.78%；
农学、医学、军事学类专业均无人选择。

看来，我们的“学霸”而且很可能还是未来的精英们，对妙手仁心和悬壶济世已经严重不“感冒”了，倒是对如何成为一个有钱人更感兴趣。

具体什么原因，大家都非常清楚，不清楚的请继续读新闻：

2016 年 7 月 21 日 17 时左右，河北衡水市第四人民医院骨科门诊医生刘广跃被砍死在诊室，多处骨骼被砍断，惨烈异常。

如果类似的新闻，你都已经习以为常到要吐了，那接下来的这条呢？

据《新京报》报道，“湖南一医务人员儿子被患者连砍 12 刀”。

2016 年 6 月 13 日上午 6 时许，益阳公安局赫山分局岳家桥派出所接到群众报警：镇政府路口一中巴车上一名小学生（10 岁）被一男子连砍 12 刀。

由此可见，“冤有头债有主”的道理已经无法藏住行凶者的杀气了，取而代之的是“父债子还”和把法理抛之脑后的疯狂报复。

看来，面对以上这些悲剧，我们的医生们，除了需要在业余时间报个散打班防身，还必须每天回去给儿女们做安全辅导。

在我的朋友里，一共有三个医生，一个是我的中学同学，一个是小学同学，还有一个是初恋。

前面两个同学都是男同学，就简单聊聊好了。其中一个是牙医，在广州最好的医院里，给人拔牙。另一个则是外科医生，在老家小城里的一家最大的医院，给人开刀。

据我对朋友的了解，牙医是医生里最与世无争的，每天可以按时上下班，恰逢下班来人了，还可以选择不做，让你拿点儿药顶到明天再说。平时要是下雨，人不多，还可以炒个股。

而我那外科医生的朋友就是另一回事了，哪怕是在一脚油门下去就到了头的小城，也是有很大的工作压力。作息不稳定，经常性熬夜和突袭式加班（患者什么时候来只有老天才说得准），收入还比教师差一些（刚毕业那几年才 1500 ~ 2500 元），红包不准拿，而且现在这种情况，连唯一的荣誉感都没有了，好不容易赚的钱，还得倒贴去报班学艺防身。

接下来，自然要点一下题，特别跟大伙儿聊聊我的初恋。

记得当年跟初恋在一起的时候，她学医的泪和痛我是看在眼里的，失眠和反胃经常缠绕着她，也同时祸害了我。但比起毕业后做医生的苦，那还真是小儿科。

那阵子，她几乎都要抑郁了，或者说，她已经抑郁了。但我不确定，因为那时她早把我“飞”了，不过这也算是一件幸事，如果不是那时我们已经不在一起了，没准儿我还活不到现在。有这么一个故事，不知道大家听过没有：

一个女医生，白天经常做手术，睡眠还不好，也不稳定，压力太大，晚上做梦还梦到开刀，结果把自己老公的脑袋给开了。

当然，这是一个典型的中伤医生的段子，只会出现在最无聊的恐怖片里。

话说回来，中国式医患矛盾的产生，有着太多的原因。这样看来，当年鲁迅弃医从文，叹息医人不如治心，实在是明智之举。而当代作家冯唐，从医八年后放下手术刀，拿起笔，成为人生新赢家，也是有先见之明。

只是，这样的明智和先见，对一个国家来说，意味着什么呢？对于一个文明的社会，又意味着什么？

最后，套用时下的一句流行语，送给所有的医生，以及我那因为常年熬夜和精神压力过大导致身患甲状腺癌的初恋：

愿你我的医生被岁月和患者温柔以待。

江湖难再见，把酒需今夜

假若他日相逢，我将何以贺你？以眼泪，以沉默。

——拜伦《春逝》

“青山常在，绿水长流。他日江湖再见，自当把酒言欢……”众所周知，这是武侠江湖人士惯常的告别话术，有点儿类似我们大街上邂逅老相识的套路：有时间一定要出来聚聚啊！电话还是那个，没变吧……

结果，有时间宁愿在家里的马桶上刷刷朋友圈，在约会的路上等等红绿灯，或是在公司的会议室一声不吭，也不愿意拨打那个几乎一百年都没变过的电话。而当年那个出来聚聚的约定，也于悄然间成了十年后某场觥筹交错的饭局后的一句感叹，或是几十年后墓前雨花拂面时的一声叹息。

“曾几何时”，这个四字成语还是抒情散文的流行用语；曾几何时，要看侦探小说可以去翻柯南·道尔的《福尔摩斯探案集》，要闯荡武侠世界可以去看金庸的《笑傲江湖》，小女子处男友处崩了第一时间可以啃安妮宝贝的书来寻找慰藉，漫画的世界里宫崎骏是“一面旗帜”，而如果要是想刺激地体验一下不伦的性爱，我们脑海中也会立马蹦出渡边淳一的《失乐园》。

然而时光流转，转得物是人非，可爱而多情的渡边淳一已经去了真正的“极乐园”，他一手构建的失乐园却依旧在世界的每个角落上演。如你所知，渡边淳一的笔锋喜欢关注中老年男人的恋情。究其原因，用他的话来说：年轻人的爱，喜欢就能在一起，简单得很；而中老年人却不一样，他们背负着更多的责任，责任之下的爱更加纯粹。对此，恐怕很多读者要把头摇得像拨浪鼓一样，特别是那些恪守传统美德从未想过“一枝红杏出墙来”的女性已婚读者。

说实话，作为一个崇尚有趣文字高于一切的读者，我对渡边淳一的文字并没有多大的喜爱，但对这套“不伦却更纯”的理论还是多少埋单的。且不说死者为大，就光说这份中老年不伦的情感，能勾勒得如此细致入微，除了是经验之谈之外，必须有过硬的文字功底。

可惜的是，如今的江湖再也没有他的身影了。更让人疑问的是，这日益不吃香的文学江湖，是否还能走出真正的像渡边淳一那样弃医从文的情爱大师?

除了日本的渡边淳一，来自地球另外一边的哥伦比亚作家马尔克斯也离开了，带着他那持续了快一百年（87岁）的孤独离开了。

对此，我建议所有孤独的人都可以看看这本鸿篇巨制——我可以确保你一定受益匪浅。

至于这位号称魔幻现实主义先驱的作家，到底给这个世界留下了什么，估计得用另一本小说才能说透，所以我也不打算费这个劲。因为在能够预见到的江湖，再也难以见到那个曾发誓“死后 150 年都不授权中国出版自己的作品”的天才老顽固了。

记得以前，我有一个女同事，长得娇小可爱，北师大出品，气质出众，身材像小泽玛利亚，脸蛋则有点儿像蔡依林，经常有人假装向她要签名的同时搭讪要电话，唯一的缺点就是已婚，更可恶的是她老公还是一个健身教练，专门负责动感单车教学。

言归正传，那时候我们经常一起做项目，慢慢就产生了情愫。用王小波的话来说，就是“伟大的革命友谊”？但如你所知，我们不可能发生故事，她已经是人家的娇妻了，我也不想被揍得不成人形，成为事故。

即便这样，事故还是发生了。她被我那光头上司盯上了，并试图潜规则她。她不顺从，结果只有一个，被公司迅速逼走。

临走前，我给她送了一本书，正是马尔克斯的《百年孤独》。

她问我为何送这本书，我想了想说，我可没说送啊，是借给你，等你看完就还我。结果到现在，书借出去两年多了，还没有拿回来，最近又听说她怀宝宝了——突然有一种感觉，这辈子都很难见到她了。

众所周知，1997 年已经过了很久了，除了留下香港回归的里程碑式的记忆之外，我们还有幸在逐渐开放的江湖中看到了王家卫的《春光乍泄》。与此同时，戴安娜王妃和著名的台湾歌手张雨生都遭遇了车祸，未来真的成了梦……就是这样一个具有历史性的年份，我最爱的作家王小波去世了。

如今十多年已经过去，《王小波门下走狗》都出了好几季，却还是后继无人的架势。究其原因，用其老婆李银河的说法就是，那样的一个文字天才，是那个时代的苦难所孕育的产物。对此，我恐怕不能赞同更多了，在这个穷人忙着赚钱养家糊口，富人忙着移民自保的历史浪潮里，暂时是不能期望太多了。

举这么个例子，其实只想说明一个道理：**伟大的东西都是可遇不可求，不管是人还是你那曾经满腔的青春鸡血**。

记得韩寒在首次导演的电影《后会无期》杀青采访时，曾这样说过：我的满意点很高，所以对于这部电影我个人还是非常期待的。退一百步来说，只要比某时代的国产脑残烂片好一点点，就足以说服我进去电影院了，而且至少还会多带一个人。

“他们的偶像是明星，我的偶像是一颗卫星。”电影主要讲了几个乡村穷小子在自驾游时所遭遇的传奇经历，让他们有了各自不同的命运归宿，有点儿像是《三傻大闹宝莱坞》。如你所知，这三个印度傻瓜最后是相聚了，但我们中国的三个穷小子是否真的如题一样“后会无期”呢？

前不久，《舌尖上的中国 2》又开始热播了，掀起了老百姓们新一轮的美食期待。

藉此，有个不知从哪儿冒出来的天才，改编了拜伦的成名诗：“假若他日相逢，我将何以贺你？以眼泪，以沉默……以肉夹馍。”

如果有一天，我能遇到一个能以肉夹馍来贺我的人，未尝不是一件幸福的事。

记得电视剧《龙门镖局》片尾曲《江湖再见》里曾这样唱道：“……我走过千山万水，只想再见你一面。栀子花开的时节，让我们江湖再见……”

我也希望，青山会回来的，绿水会回来的。他日再见的时候喝的酒是没有塑化剂的，即便再见的时候已经不再是当年的容颜，却依旧能带有一份诗意，那将会是一件多么值得庆幸的事儿。但或许，我们唯一能够把握的就是现在吧，因为我现在就有一壶暖心酒，足以慰你的风尘。

相濡以肥，不如风雨同瘦

舞袖翩跹，影摇千尺龙蛇动，歌喉宛转，声撼半天风雨寒。

——苏轼

（1）

上周的某个深夜，雷雨交加，夜黑风高，一个久未联系的学妹给我发了一组私房照，差点儿没把我吓得把手机给扔地上。

当然，如你所料，绝不是那种有损社会风气的不雅照，也不是跟某学霸或男神的照片，而是一组很普通的衣衫整齐到足以去拍身份证的玉照。

之所以震惊，是因为我发现，短短不到半年的时间，学妹竟然从一个大胖子（无任何歧视的意思），变成了现在这么一个微肉正妹。

乍一看，俨然已经跻身于民间美女的门槛——真是活见鬼了。

（2）

对此，让我们简单地用数据说一下话吧。

学妹的官方对外身高是 158 厘米，此前的体重大概是 158 斤，江湖人送外号“玉面胖妞”。

不可思议的是，经过半年左右的时间，她现在只有 106 斤。

而且最要命的是，该减的赘肉一点儿都不含糊，该留的脂肪却一点儿也没少，一来一往之后，便有了莫言代表作——《丰乳肥臀》的感觉。

随后，我迫不及待地要求她分享减肥秘诀。当然，这种经验此生我是用不上的，但正所谓人在江湖漂，技多不压身嘛。

学妹很耐心地跟我分享了很多原则，比如说用五餐代替常规的一天三餐；注意碳水化合物、蛋白质、维生素、纤维和脂肪的摄入比；注意高蛋白质、低碳水的低卡饮食，注意低热量高营养的搭配；等等……我听得是一阵迷糊，昏昏欲睡。

于是我急忙打断道，重点重点！挑最重要的一点来说。

她想了想，随后嬉笑着跟我交代，其实最最重要的原因是前阵子单位来了一位新的男同事，长得那个鲜美啊，让人想直接蘸点儿蒜醋就往口里塞。而且最可恶的是，他就坐在我旁边。

看来，人世间最大的减肥法宝不是对美的渴望，而是对爱情的渴求。

当然，正如任何一段感情的真谛都不是一见钟情而是风雨中见真情，减肥其实也一样，需要的是时间的沉淀，所谓欲速则不达，心急也吃不了热豆腐。

（3）

前不久，美国著名的《国际肥胖杂志》发表了一篇非常有学术性的论文。

研究者用了整整 6 年的时间，追踪研究了曾经参加真人秀减肥节目的 14 位减肥者，得出了以下结论：

在 14 个参赛选手中，有 13 个选手千辛万苦急速减下的肉，又长了回去，而且大多数比之前还胖。

更惨的是，他们基本上每天都得少吃一顿饭，才能阻止自己继续发胖。原因是参加了节目后，身体的静止代谢率出问题了。

所谓的静止代谢率，其实就是为了让身体维持生命所必须耗费的能量。

对此，我们中国人一点儿都不陌生。因为中国拥有世界上四分之一的人口，历史上也曾闹过大饥荒，每当遇到食不果腹的时候，身体就会自动调低静止代谢率，为的是继续活下去。

也就是说，选手们为了能够在减肥真人秀节目中胜出，基本上都减了 100 来斤，不得不破坏了自己的静止代谢率，甚至内分泌的激素水平也改变了不少。

结果就这样，在节目结束后，身体不但没有恢复，而且还有变本加厉的趋势。

由此可见，急速减肥绝对是一种不太聪明、饮鸩止渴，甚至可以说是毁终身的做法。

我认识一个美容院的老板娘，人长得有些微胖，但气色非常不错，颇有大唐杨贵妃的风韵。

后来，她听朋友介绍，说有一种减肥药很有效，就是我们以前经常能在电视上看到某个大明星代言的那种，于是立马买来几个疗程尝试，结果现在肠子都快悔青了。

当然，她后悔的原因不是因为钱花出去，人没瘦下来，而是因为这药彻底地把她的肠胃搞坏了。

如今人是瘦了，身材是好了，回头率也高了，桃花运更多了……可身体却不行了，面色也差了很多，甚至还患上了厌食症。好不容易吃点儿东西，也老是往洗手间跑。

所以，在此严肃建议所有想一口气瘦成闪电的朋友，真的不要太快瘦噢。**千万不要因为一个夏天的风情，而失去了未来四季的风采。**

（4）

我们普遍有这么一个观点：瘦才是美的。于是，减肥成了姑娘们的永恒课题，“莫道不销魂，帘卷西风，人比黄花瘦”，但其实这是一种严重的误解，甚至可以说是畸形的审美观。

我有一个在伦敦留学的朋友，原本也是嗜瘦如命，可去到那边不到两年，就彻底地颠覆了自己的观点。

她说，伦敦的姑娘对所谓“瘦美”的时尚建议，几乎是置之不理的。英国女性平均尺寸是 12 号，相当于国内的 175/96，而在国内算是平均偏上的她，仅仅穿的是 8 号而已。

简单来说，他们对于美的标准更加宽容，不是简单将所谓的美绑架于瘦的层面。

其实，我们在唐代也流行过体态丰满的仪容典雅之美，“绣履娇行缓，花筵笑上迟。身轻委回雪，罗薄透凝脂”。只是到了宋朝，才让位于孱弱纤细的清癯之美，继而刮起了瘦身风，正如本文开头所引用的诗句，正是对某位正在跳舞的胖妞的戏讽。

也就是说，所谓的美丑，很大程度是社会对美的片面引导和男权主义的影响。从某种程度上说，这跟当年的我们迷恋三寸金莲有什么区别？

所以我想说的是，在如今这个时代，身为一个独立而自信的姑娘，与其天天嚷着减肥，抱团而战，甚至成立什么微信魔鬼减肥群（每天减肥打卡，没完成任务就发大红包），声称“女为悦己者瘦”……倒不如踏踏实实地找一个你喜欢的，而且最重要是懂得欣赏你美的人，于繁杂万千中，携手同行，风雨同瘦。

最后，为感谢所有忙碌的却读到了文末的爱美人士，这里特别送上一条史上最懒的减肥绝杀技，已被心理学家们证实有效：

只要有空的时候，想象一下健身房，就能保持身材苗条。

对不起，你有权保持沉默

沉默可能产生误解，我需要说话；说话将我推向歧途，我必须沉默。
——赫塔·米勒《国王鞠躬，国王杀人》

“对不起，你被捕了，你有权保持沉默，但是你所说的每一句话将作为呈堂证供……”这句再老套不过的话，来自于1966年美国法律制度中著名的“米兰运警告”，几乎贯穿了20世纪90年代和21世纪初所有的香港警匪片，让人觉得喊的人一身正气，听的人头皮发麻，足以被评为“80后”小时候警匪游戏的标配口头禅，其使用率简直可以跟“燃烧吧，小宇宙！天马流星拳”及“打是亲骂是爱又踢又踹谈恋爱”等经典名句媲美。

不过话说回来，在当今的社会生活中，试问我们有着多大的权利去保持沉默，又有多大的自由去供证呈堂呢？

在正式回答这个问题之前，首先跟大家聊聊我的一个朋友。朋友名叫小王（一听就是化名，但事是真事），性别女，长得非常Q，像洋娃娃一样，典型的脸萌胸大，前凸后翘，快奔三的妇女看起来跟十八岁的小姑娘似的，浑然不知“长”进，却又感觉后劲无穷。

最近，此妹子离职了。离职的时候，男上司把她狗血淋头地臭骂了一顿，说你真是太让我失望了！太让我颜面扫地了！你知道公司的离职率比号称离职率最低的公务员还低吗？已经有多少年没人离过职了！！你到底有没有脑啊？！莫非你要嫁老外出国拿绿卡？还是说傍了个“金龟”不想干活了……

听完这番长达半小时的强调句和发问句，小玉表示极其无语，随后毅然决然地离开了，浑然不顾家里人和我们这帮狐朋狗友的列队反对。

后来有一回，跟这位妹子聊起天，我们问她为啥要走。

她说她在那个破国企混了快三年，积蓄倒是不少，可几乎从来没有快乐过。在那儿，大家的习惯就是寒暄打哈哈说是非拉门派，做事的时候很少。（这是代表她个人意见的原话，我纯属引用过来，没有半点儿黑国企的意思，如果确实不小心黑了，本人在此先道个歉。）

有时候，她就是想要一整天都不跟人说什么话，安安静静的。可那些人就会说阿玉很怪，小玉不会有了吧？玉妹妹怎么这么孤傲，人美了不起……现在不一样，想跟别人说话就话痨似的说一天，想不说就整天都安安静静的，没有这么闲言碎语，觉得好自由哦！

即便是解释了这一大堆，我们还是像是听天书，心想这丫头为了沉默的自由，放弃了稳定高薪而少活的工作机会，对于一个事业心本来就不强的女性同胞，似乎还是说不过去。

直到后来，我才发现真正的原因是，她已经有自由了，只是不想失去而已——也就是说，她没必要受这个她自认为的委屈，因为她是广州本地人，市中心有两套房，其中一套还带江景，外加一个疼她而且收入还算不错的老公……

在英国，有一句我们非常熟悉的谚语："生活是银，沉默是金。"而我们隔壁的日本，也有一句类似的俗话："沉默是极鲜极丽的花朵。"引这两句谚语出来，并不是想劝大家"沉默是金"，如果真要劝，恐怕有很多朋友会像迪厅里吃了摇头丸的哥们一样把头摇掉吧，同时不忘怒斥：你不懂社会，更不懂生活。乳臭未干还没大学毕业吧你！

我当然已经大学毕业了，而且也毕业了多年，非常清楚，在当今这个社会，金银随时都可能贬值，花朵也最容易枯萎，因为沉默的自由只属于少数人。至于说到什么叫作沉默的自由，以我之愚见，理想中的沉默中的自由就是：**一个人能够时刻想不说话就不说话，可一旦尊口大开，便会对很多人产生巨大的影响。**

2009年的诺贝尔文学奖意外地由德国女作家赫塔·米勒摘得，其在《国王鞠躬，国王杀人》里说了这么一句话："沉默可能产生误解，我需要说话；说话将我推向歧途，我必须沉默。"

这句话乍一听很矛盾，也很纠结，不过多听几遍大家就不难理解了。

众所周知，人在江湖，身不由己的除了耳朵，便是嘴巴了。我们有着太多从别人那里拿来的期望，也有着太多从内心衍生出来的欲望，为了满足期望、实现欲望，我们开始见人说人话，见鬼说鬼话。如果想选择沉默，轻则被认为没有主见，不合群体，重则还可能会给背上一个“思想有问题”的恶名，或者就是对领导有自己的态度。正如前不久我看的一个小品所说：我们活在怎么样的一个环境呢？其实就像一群猴子爬在树上，往上看都是屁股，往下看都是眼睛，四顾发现都是耳目。

就是这样的一个环境，我们能有多大的自由去思考？我表示质疑。即便像是李宇春所说的那样，“那些沉默的人，往往藏着特别大的梦”，可我们的梦，又有几个能够“想唱就唱，唱得响亮”呢？

我这里还想举一个例子，是发生在小时候。某一天，学校的前校长高升去了，于是准备进行新校长选举。那时候投票对我们来说还是新玩意儿，大伙儿都觉得很新鲜，非常兴奋，感觉当家做主扬眉吐气了。

记得投票那天，矮矮的老师站在高高的讲台上，对着眼睛瞪得大大年龄却依旧小小的我们说，同学们啊，安静一下，下午马上就要投票了。我现在让班长给大家发投票的名单（几个候选人一个都不认识，也没人跟我们介绍）。你们喜欢投谁都可以，一人一票，这是你们的自由——但是不能不投。说完之后，就把一叠选票和一箱礼物拿起来交给班长。

临出教室之前，他似乎突然记起了什么事，回来补充道：对了，各位同学，如果投了某某某的话，还可以获得一份意外的礼物，投完之后主动去班长那儿登记，立刻领取。

听完老师的话，全班首先是一阵沉默，随后很快便像开水般沸腾了。

需要声明的一点是，我举这个例子，并不是想影射什么，即便是不小心影射了，也是影射了多年之前的事。现在的小学，也许更有趣，也许更明媚，这些留给“00后”的孩子去发掘。我唯一可以确定的是，沉默这个与生俱来的自由，那时的我还真是没有。

即便这样，我依旧希望大家不要忘了。在寻找人生真谛和梦想的道路上，我们可能会牺牲太多的东西，比如说自由，但我希望这些都是暂时、可逆的，但如果以身体健康为代价就得不偿失了（类似的话之前患了淋巴癌的李开复也说了），以迷失自己为出口就更加没有必要。因为只有这样，内心始终怀有坚定信仰，沉默的自由或许就真的不远了。

误导女青年的六句肺腑之言

槽床过竹春泉句，他日人云吾亦云。

——蔡松年《槽声同彦高赋》

众所周知，人类是群居性的动物，但凡不是铁了心要“常伴青灯古佛旁”，或是与世无争到“采菊东篱下，悠然见南山”，普遍都有社交的需求。

在一个社交群体里，我们一方面可以获得安全感，避免孤独入夜侵蚀；另一方面，也容易受环境的不良影响，甚至深受其害，特别是那些涉世未深的女青年。

在当下这个以男权主义为主的社会里，哪怕不是因为歧视或暴力，就算是对女性的过分关心，也容易导致难以避免的偏见。

更不用说，那些常年围绕在我们身边，心怀善意的亲朋好友们。他们时刻打着“为你好”的猎猎大旗，说着语重心长的肺腑之言，却可能随时给你挖一个不大不小的坑，轻则扰你清净，重则毁你青春。

在此，特选六句常见的误导女青年的金句，跟大家分享：

（1）男人三十一枝花，女人三十豆腐渣

这条“金科定律”不知道出处在哪儿，但如果放在十年前，或许还有些参考价值，可现在都什么时代了，用周星驰的电影《少林足球》里的话来说就是：

现在什么时代了啊，满天都是飞机，满街都是电脑。我一秒钟几十万上下……

就是这样一个瞬息万变的时代，你再以三十岁的年龄为界限去定义个人的价值，那未免太不科学了。

毫无疑问，男人三十可以成花，而且还可以成名花，比如说韩寒，或是 2001 年的马化腾，抑或是 2014 年的扎克伯格；但也可以成为一个被生活耗尽了意志和激情而梦想也早已被雨打风吹去的老男孩。

与此同时，女人三十，有钱有颜有气质的真是一大把。她们之所以单着，是不将就，是宁缺毋滥，是对杜拉斯口中那“爱之于我，不是肌肤之亲，不是一蔬一饭，它是一种不死的欲望，是疲惫生活中的英雄梦想”的真挚爱情的坚守……所以，别再用你那 old-fashioned（过时的）的有色眼镜看人了。

（2）没生孩子的女人是不完整的

不知道有多少的姑娘对以下这些话熟悉到深恶痛绝：

结婚几年了，怎么还不要小孩啊？

不要小孩为啥结婚啊？！

你这个年龄再不要小孩，以后要出大问题的！

女人一定要有一个孩子，没生过孩子的女人是不完整的。

先不说现在有很多丁克家庭吧，就算总有些人对别人家的私事感兴趣多过自家的事，可女人是否完整，怎么可以跟孩子绑架在一起呢？

拜托，女人的确可以生育，但女人绝不是为生育而生的工具，而是一个活生生的独立个体。

（3）经济独立的女孩子更讨人爱

不可否认，现在有不少的姑娘都以经济独立来作为标配美德，声称要女性权利自由，首先得经济自由，不再做花瓶似的“金丝雀”了。

出去吃个便饭，你说你要 AA 制；人家送个小礼物，你偏要瞬间化身为“秋瑾”，严词拒绝……如此一般，看似独立，很有自己的一套价值观，但往往给人一种女强人的错觉，非但不讨人爱，倘若遇到一个合适的男生，没准儿还会因为你的不解风情而退避三舍。

其实真正自信的女孩，是该独立的时候分毫不让，该给男人面子的时候注重礼仪，所谓不迎不逆，顺势而为。

（4）如果你爱我，就一定懂我，就会为我改变

男人来自火星，女人来自金星，男女的思维是不一样的。你总觉得爱你的男人一定要懂你，好多事情不需要开口，说出来就证明这不是爱了，这真是阿弥陀佛误人误己啊。

更有些姑娘，喜欢以爱的名义绑架对方，声称如果另一半连为自己改变都不愿意，还算什么爱啊。

须知道，爱不是觊觎，而是给予，更是际遇。要想真正地让对方改变，首先还是得改变自己。

（5）男怕入错行，女怕嫁错郎

男人这里暂且不说，就说女怕嫁错郎吧。之所以会有这样木乃

伊式的观点，都是因为我们曾经历过几千年的封建帝国，习惯把一个女人的终生幸福绑在一个男人身上，认为自己一旦嫁错了郎，人生就毁了。可放在现在，这些话听起来就像是段子，而且还不太好笑。

现在的郎都隐藏得很深。稍不留神，就可能进“狼”窝，怀上狼崽。那也没关系啊，能挽救就挽救，实在不行一拍两散就好了，没有什么好害怕的。家丑就应该外扬，家暴更应该头条。

据调查，眼下中国的再婚成功率正在急速上涨，一来因为离婚的人多了，大家能重新登对的比例大了；二来社会对离婚后的女性也更加包容了。

（6）没有爱情的女人是不幸福的

当然，身为女人，谁不想着“愿得一人心，白首不分离”？

爱情只负责甜蜜浪漫，至于幸不幸福，则跟爱情没有必然的联系。

两个人在一起，是一场漫长的马拉松。爱情能起的作用顶多就是最开始的助跑，但凡跑开了，很快就会转变成其他，比如说相濡以沫的感情，抑或是似水流年里的小感动。

退一步来说，就算是一个人过日子，也可以找到属于自己的小幸福。幸福未必一定要两个人在一起你侬我侬、长相厮守，而是一种生活态度，一份处事情怀，一种对世界的理解和领悟。

最后，我想说的是，一千个人的眼中，自然有一千个“哈姆雷特”，千万不要以自己的价值，来判断别人的人生。哲学家罗素也曾讲过，参差不齐乃是幸福的本源。

所以，我们应该对这个世界多一些理解，对这个世界的女青年少一些偏见。别再装模作样地给我们的姑娘们增加压力了。有这闲工夫，好好地管好自己那日益水桶化的老腰吧。

灵魂能否出窍？

画图省识春风面，环佩空归月夜魂。

——杜甫《咏怀古迹·群山万壑赴荆门》

前几天，有个好友说她灵魂出窍了。

我第一时间就想反问道，你唬人的吧！出轨才有你的份。不过碍于礼貌，我还是表达了浓郁的好奇心，相当诚恳地提出了疑惑。

朋友是这样说的，经过大概一周的加班加点，总算把一个大项目给啃了下来，非常疲惫，接近于过劳死的那种。然后她找了一家美容院按摩（相当正经的），全身放松到昏昏欲睡，突然就觉得整个人失去了重量，飘了起来，而且惊讶地发现，自己居然离开了身体，浮在了半空，但所幸的是，意识尚存。

那一刻，她能够清晰地看到躺在美容床上的自己和正在按摩的美容师。更让其震惊的是，她抬起头来，能够透过屋子的墙壁，看到远方是一片湛蓝色的天空，天空下是一片更湛蓝的大海。海的另一边，有一个空灵而温暖的声音，在轻轻地呼唤着她，说过来吧，这里没有疲惫和痛苦，这里有着春暖和花开，就差没说这里是五星级酒店了。

朋友犹豫了好一阵子，或许说挣扎了好一会儿，然后突然想到，如果就这么过去了，很可能就回不来了。于是毅然决定，还是不走为好，而是重重地往下一沉，再次进入了自己身体，随后睁眼，苏醒，冷汗一片……

对此，不知道各位读者朋友是怎么看的呢？

说到灵魂出窍这种东西，本人是一个典型的唯物主义者，所以不管相信与否，都会先从辩证的角度去考虑。

众所周知，曾经有科学家用实验证明，灵魂的重量大概是 21 克。美国的麦克·唐盖尔博士为此还挑选了不少的实验对象进行验证。有意思的是，虽然大多数动物都验证了他的观点，但放在狗的身上却不太灵，由此他还得出了“狗是没有灵魂的动物”这一结论（对此，爱狗人士估计不会喜欢）。

记得以前读过一个故事。在故事里，男主角声称要用 21 克的重量来爱女主角，可女主角觉得对方小气，怎么只有 21 克？！你这块头就算没有 210 斤，也有 180 斤吧。

直到有一天，男主角因为要保护她，不幸离世，她才倏地明白，原来 21 克的重量，是他灵魂的所有重量，也是他能付出的所有爱的重量……

其实不少朋友都知道，牛顿的人生 KPI（关键绩效指标，这里指主要成就）主要在早期实现，后来年龄大了，就开始不务正业，大搞炼金术和钻研神学去了。“坚持日心说的哥白尼”和“被火烧死的布鲁诺”本身就是无比虔诚的教派人士，而盛名在外的伽利略跟当时判他十年监禁的大教皇是好朋友，而且这个判罚是形式多于实际，根本没怎么执行。

另外，据调查统计，如果要在历史上去寻找影响世界的排名前 300 名的科学家，那么至少 250 名以上的都是信仰宗教的人士。

也就是说，宗教和科学从来就不是水火对立的关系。从某种意义上来说，正是因为了解了更多的科学，才有能力发现更多的未知，继而有了更为坚定的信仰。

在《得未曾有》一书里，作者庆山（安妮宝贝的新笔名）用了大量的篇幅，描述了一位西藏年轻僧人的故事。这个真实的故事，让我们在一定程度上揭开宗教朦胧的面纱，发现一个更为真实而纯粹的世界，而不是媒体时常为吸引眼球所抨击的物质化和商业化的宗教。当然，我们也借此看到了不一样的庆山。

而在电影《星际穿越》里，最终引出了五维的世界来解释。在这个世界里，时间能够以固体的形式出现，可以触碰，也可以改变。

也就是说，绕了一大圈，从地球的小女孩闺房，到外太空的巨大黑洞，那个一直在帮忙的“他们”其实就是“我们”，而小女孩一直以为的 ghost（幽灵）其实就是他爸爸。这一点，恐怕是整部电影里唯一靠基普·索恩（理论物理学家）也无法说透的地方。

对此，正如本文开头所谈及的灵魂出窍一样，我们都无法用现有的科学去解释，因此决不能妄下定论，甚至谩骂攻击。

或许，面对所有的未知，我们最应该做的，就是带着更多的敬畏去挖掘，以更科学的精神去探索，而不是妄言妄行，即便真的是举头三尺无神明，即便真的是夜半敲门并非鬼，而是你那穿着睡衣的女邻居。

哪有这么多重聚，错过就是一辈子

沧海月明珠有泪，蓝田日暖玉生烟。此情可待成追忆，只是当时已惘然。

——李商隐《锦瑟》

（1）

记得念大一的时候，我曾错过一个姑娘。

我要说她长得跟小龙女一样清新脱俗、冰肌玉骨你一定不信吧，但多年之后的我，依旧是这样认为的。也不知道是因为漫长的岁月，把她给美化了；还是最开始的悸动，就是如此深刻。

记得我们是在图书馆认识的——当然，如果不知道一个人的名字，也算是认识的话。

那是一个夏天的傍晚，我在看书，窗外风云骤变，突然下起了大雨，很多人都陆续离开了。偌大的一楼，悄然间便只剩下我们俩，面对面坐着，直到图书馆关门。

在接下来的一周，我们都非常有默契地，于傍晚时分，相聚于同一张书桌，同样是坐到闭馆。

每次我都跟自己说，要跟她说话，小纸条要给她，赶紧要电话号码吧……可我却一直没有勇气，每次都在分开后，才咬牙切齿地发誓道，明天她要是还来，我一定会开口。

然而，第二天还是一样，偶有眼神触碰，却依旧相顾无言。直到第六天，她再也没来了，而且后来也没出现过，直到大学毕业，直到多年后的今天，直至接下来的似水流年……

著名的导演王家卫曾说过这么一句话：“有时候遇到一个人，很有意思，很投缘，可是后来再也没有见过。”

其实，我一直对这句话不太理解。如今我总算明白了一些：

这世界哪有这么多的重聚，在那似水流年的生活中，很多人一旦错过，便是一辈子。

（2）

在影视剧里，经常会发生这样一个场景：两个带着主角光环的人，于人海茫茫中走失，擦肩，但总会在峰回路转后重聚，然后过上幸福的日子，比如说《北京遇上西雅图之不二情书》里的 Daniel 和姣爷，还有《转角遇到爱》里的俞心蕾和秦朗，最玄乎的要属《仙剑奇侠传》里的顾留芳跟紫萱了，三世三生都能够恋在一起。

诚然，这样的爱情给人一种宿命论的唯美，带给人们美好的希望。但现实却未必如此，爱情往往像是两条直线，要么永远平行，无缘交集；要么交错过后，永远无法重聚……所以建华哥哥还是跟心如姐姐走在了一起。

前阵子，有一部热门电影《大鱼海棠》，勾勒出了一份美好的画面：每条大鱼，都会相遇；每个人，都会重聚。

整部电影观完后，是带有宿命色彩的生命轮回和饱含诗意的情感抒泄，如同宫崎骏的童话迎面而来一般。然而，哪怕是理想主义者如我，对这份重聚的念想和情愫，也是抱着莫大的怀疑。

我记得星爷在电影《国产凌凌漆》里有一句台词，看似无厘头的同时，亦藏着人生的哲理。

在电影的开头，一个姑娘向正在卖猪肉的凌凌漆要过夜费。凌凌漆说最近生意不好，所以给几块猪肉先顶住。

结果那姑娘娇叱一声，说：“你好样的，我们山水有相逢。”

这时，凌凌漆淡定地答道：“有兴趣的话，不如今晚再相逢。”

（3）

作家村上春树曾经说过：每个人都有属于自己的一片森林，迷失的人迷失了，相逢的人会再相逢。

这番颇有深意的话，似乎在告诉我们：错过的人们，终会因为某种原因，而再次相逢。

然而，只要你把前面的森林和迷失连在一起，就会发现，其实这里讲的更多的是：同一类的人会再次相逢，而非同一个人。

这也是著名的“吸引力法则”：人们总是会倾向于吸引到同样磁场的人。也难怪在《竹马翻译官》里，有这么一句话：“青梅枯萎，竹马老去，从此我爱上的每个人都像你。”

只不过，“人的一生中会遇到 2920 万人，两个人相爱的概率是多么的小。”凡尘俗世，相爱已如此艰难，更别说错过后的重聚了。

（4）

不管是大到恐怖危机，飞机失联，水灾泛滥，作奸犯科，还是小到交通肇事，电梯事故，走在大马路上头顶砸下来异物……在这个永远分泌着荷尔蒙的世界里，总是交错着各式各样的偶然，而每一个偶然，都足以改变一个人的人生轨迹。

所以，我妈从小就教育我，过了这个村，就没有这个店。且行且珍惜吧，孩子！别到时，想吃这个馒头，也没有这个面。

退一万步来说，就算你们在“此去经年”后，依旧能于滚滚红尘中再次“执手相看泪眼”，但彼此之间，也早已不是当年的那个他 / 她了。古希腊哲学家赫拉克利特就曾说过，人不能两次走进同一条河流。对此，南宋诗人陆游也一定是感同身受。

话说当年，陆老师娶了名门闺秀唐婉为妻，两人无比恩爱，幸福甜蜜，但却因婆媳矛盾，母亲棒打鸳鸯，以致夫妻劳燕分飞。

一晃多年过后，某个春日，陆游于偶然中，见到了正携夫游玩的唐婉，顿时感慨万分，留下了千古绝唱《杈头凤》：“东风恶，欢情薄。一怀愁绪，几年离索。错，错，错！”

（5）

星爷曾在柴静的节目访谈中，谈过自己的爱情，言语间透着无限的唏嘘，感慨自己当年活成了“劳模”，没有去珍惜，珍惜那段真挚的摆在面前的爱情，如今再也没有机会了，正应了那句诗：“此情可待成追忆，只是当时已惘然。”

既然如此，重聚路好比西天取经般艰难，那为何我们不用尽一生运气，去珍惜身边的那个有缘人?

当然，所谓造化弄人，时势使然，有些人注定是要错过的，比如说《一代宗师》里的叶问和宫二；《泰坦尼克号》里的露丝和杰克……

“人生要是无悔，那该多无趣啊。”只是，一旦错过了，我们也不应该望穿秋水地盼着，盼着青山常在，绿水长流，有朝一日，于江湖中再相逢。

所谓“过往不恋，将来不负”，或许我们更应该做的是，踏踏实实地寻找新的归宿，不问风月地找寻心安之处。

谁是你可以随时说话的人？

一曲肝肠断，轻羽此去莫留连，更有南国花正好，莫向白苹洲上独叹秋水寒。

——左丘明《左传》

（1）

著名的老戏骨王志文，一直到 42 岁才结婚，此前度过了多年孤独而潇洒的“光棍生涯”。

记得在《艺术人生》的一次访谈中，主持人朱军问他：“老王，你都 40 了，咋还不结婚呢？”

老王很套路地答道：“没遇到合适的呗。”

朱军继续追问：“那你到底想找个什么样儿的女孩？”

我们的王叔叔知道今天是躲不过了，于是很认真地想了想，随后答道：“就想找个能随时随地聊天的。”

“这还不容易？”朱军笑了。

“不容易啊。”王叔叔说，“比如你半夜里突然想到什么了，你叫她，她就会说，几点了？多困啊，明儿再说吧。你立刻就没兴趣了。有些话，有些时候，对有些人，你想一想，就不想说了。找到一个你想跟她说，能跟她说的人，多不容易。”

确实，茫茫人海，繁杂万千，哪有这么容易？找到一个可以随时说话的人，别说是厮守一生的爱人，就算是高山流水般的知己，也是可遇而不可求。

正所谓“一曲肝肠断，天涯何处觅知音”。想当年，我们的电话本里，密密麻麻地写满了名字，可真正能说上知心话的又有几个？看今日，手机的微信好友动辄上千人，可点赞之交的却占了绝大多数……

人们的沟通方式在不断地演变，但内心因为知音难觅所带来的孤独，却始终未变。

或许正因如此，真正随时可聊天的朋友才显得那么重要。

古有俞伯牙因钟子期离世而破琴绝弦，终生不再弹琴。今有鲁迅先生在碰到瞿秋白的时候，发出一声感慨：“人生得一知己足矣，斯世，当以同怀视之。”

（2）

在王家卫的电影《重庆森林》里，金城武扮演的警察阿武失恋了，在试图联系前女友阿 May 及其家人无果后，他开始拼命地打电话给朋友，希望可以聊上几句，或是干脆约出来跑个步什么的。

结果却发现，每个人似乎都有着自己的事，并且最要命的是，原来这些所谓的朋友都是前女友的。

也就是说，前女友离开后的那一刹那，他连可以说话的人都找不到了。

可想而知，那一刻的他，有多么的孤独。无奈之下，他只能去酒吧买醉，并且还爱上了一个晚上也戴墨镜的由林青霞扮演的金发杀手。

也许，每个人的生命中都会经历这么一个阶段：没有人听你说话，感觉被全世界抛弃了。记得我大学毕业前，就是如此。

那真是一段兵荒马乱的岁月，女朋友嚷着单飞，舍友们准备着各奔东西，毕业论文拉锯僵持，工作前景一片迷惘……全世界似乎都在忙碌，找不到一个可以随时静下心来唠上几句的人，“清风半夜鸣蝉”，喊得越大声，越显得孤独。

岁月葱茏，时隔多年，现在似乎好了一些，尚得三两知己，四五挚交。但几乎也好不到哪儿去，因为一来工作上的朋友不知道我在写作，二来写作路上的战友又几乎不了解我的工作。真正在两者之间有交集而且还能说上话的朋友，当真是寥寥无几。

（3）

众所周知，在金庸的封笔神作《鹿鼎记》里，韦小宝之所以深得康熙宠爱，一来是因为他油嘴滑舌和八面玲珑，二来是做大小事的能力也非常不错，比如说干掉了康熙心腹大患鳌拜。

但其实，最重要的原因是，康熙虽贵为天子，权倾天下，却非常孤独。而韦小宝就是这么一个，可随时陪君说话的人。

在《诗经·小雅·伐木》里，有这么一句话："嘤其鸣矣，求其友声。相彼鸟矣，犹求友声；矧伊人矣，不求友生？"

意思是说，鸟儿在嘤嘤地鸣叫，寻求同伴的应声，借此来比喻寻求志同道合的朋友。记得当年，我们的伟大领袖毛主席，在《斯大林是中国人民的朋友》的重要讲话里，也曾引用过这一诗句。

由此可见，不管是小到飞禽，还是大到君主，拥有一个可随时说话的人有多么的重要。

总而言之，以笔者之拙见，可随时说话的人，必须具备以下三个特点：

不管多忙，永远对你“开绿灯”

微信的置顶聊天，这是标配了。电话会第一时间回应，哪怕恰逢开会，恰逢重要酒席甚至恰逢在洗手间不太方便，也会第一时间微信或短信告知，并在之后秒回电话。

另外，凌晨两点半接到你电话的那一刹那，你听到的声音不是昏昏欲睡，而是满怀关切。

对你不依赖，却又让你觉得自己有多么重要

一方面不会给你压力，不管这种压力的来源是作为朋友，还是身为爱人；另一方面，又会让你觉得自己非常重要，仿佛地球上没有了你，世界的某一部分一定会停止运转。

对你的话能秒懂，对你的潜在心声也能猜个八九不离十

如你所知，这世上，愿意在你身上花时间的人容易找，但真正能懂你言外之意或内心告白的人，还真心不多。但凡遇到，都是人生瑰宝。

（4）

记得在《金星脱口秀》某期节目里，请的嘉宾是单眼皮的演员赵又廷。

从交谈中不难看出，“赵帅”是一个内敛低调、不太健谈的男人。你非要说他是一个无趣的超级宅男也不过分，因为他自己也曾公开承认过。

但让所有男人（包括本人）都无语的是，这厮何德何能，居然把千万人心目中的气质女神高圆圆娶回了家。

在节目里，金星问他：“回家你俩话多么？”

“非常多。”“赵帅”的回答让人出乎意料。

“主要是你在说吧？”

回答再次出人意料：“没有啊，两个人都狂说。”

由此可见，对于这对让人羡慕不已的神仙眷侣来说，彼此之间真正的爱情秘诀是：做对方可随时说话，而且说得非常多的人。

不过话说回来，在我们每个人的生命中，或多或少都会遇到一两个可随时说话的人。

只不过，因为人生境遇缘起缘灭的关系，有些人会陪你长一些，所谓“海内存知己，天涯若比邻”；有些人只能跟你在生命中交集片刻，随后便匆匆离去，留下一声“欲取鸣琴弹，恨不知音赏”的叹息；更有些人能够——或者愿意尝试，跟你一路成长着走下去，直到天荒地老。试问这样的人，一旦遇到了，我们还有犹豫的理由吗？